歷史的斑纹

追寻三坊七巷名流远去的背影

简福海 著

河北出版传媒集团
河北教育出版社

序篇

坊巷深深故梦长

我总在想，三坊七巷为何美得如此动人心魂、意味深长，令人流连与沉迷。

是白墙黛瓦，朱漆大门？是溶溶月色，叠叠榕韵？

走在深巷尽头，天地一片安谧。驻足回望，夜色下灯影阑珊，牵扯往事迷离。

那是何人，曾在绰绰灯影下踱步走过？

那是谁家，曾在啾啾燕鸣中挽住春天？

一截一截的巷子连在一起，就成了古街区，就像一段段故事，构成了人生。坊巷两侧蜿蜒着马鞍墙，它们牵手抱臂，托起天色浩荡。

坊前坊后丰饶，巷南巷北幽深。可见的天地，不可见的岁月，早已生长了梦想信仰，生长了热血衷肠，生长了琴韵诗吟，也生长了疼痛忧伤……这一场旧时光，俨然立着的书册，随风页页翻动。

它就这样婉转着岁月的苍茫壮阔。

它终究成了很多人的故乡和远方。

倘若坊巷有性格的话，必须把“琴心剑胆”这个词汇郑重奉上。你看，横来纵往的一方空间，充盈着孤标静定，却又显得如此血脉偾张。

一串串脚步从这里出发，踏着青石板，跨越光阴与光阴的交错，走向福船起航的地方。每一步，他们趟着血泪走过。他们的身影变小再变小，隐没于高天阔海，然后，放大又放大，一直走向大中国的舞台。

他们的身躯走着走着，成了一道美丽的风景；

他们的名字念着念着，成了一个响亮的符音。

他们或许是儒生，满纸珠零锦粲，却用鲜血染红山河；或许是仕子，身居庙堂之上，狼烟处也能横刀立马；或许是隐士，把酒东篱，纵情天涯，却以如炬目光洞穿历史隧道；或许是豪侠，剑气裹着愁肠，啸出民间疾伤；又或许，只是英烈背后的弱女子，眼里盛满故事，脸上不见风霜……

清透的空气里，有水，是海风的湿，亦是感动的泪。

他们的面影，勾勒了一个独特时代的肖像；

他们的心湖，映现着民族复兴伟梦的投像。

他们为着梦想烟火不熄，那样的烈马青鬃，那样的穷极一生，那样的长歌不绝，那样的星河璀璨。他们的生命，也因这份家国情怀而激荡，而闪耀，而伟大，而不朽。他们胜了寸心，然后斗破苍穹。

他们是充满血性的英雄。在时代的夹缝，即使遍体鳞伤，依然站在那儿。

这份血性汇成光芒，把三坊七巷照亮。

勋章，从不会被尘埃遮蔽光华；缅怀，总是循着热血踏进春风。

三坊七巷导览图，以天穹散星的样式，密密麻麻标记着名人故居。庄重醒目的符号，俨然分朱布白的历史描红，深层次表达的是：时代与英雄的关联、幸福与信仰的对接。

名人故居或展馆里的书籍影像史料，以史实的质地袒呈，帧帧饱满；以花朵的方式说话，句句芬芳。这是光阴深处无尽的温婉、暗诉的衷肠；这是清欢人世深切的致敬、明媚的怀缅。

坊巷古老，时光簇新。穿越一段时光，抵达一截历史，接近一位故人，了解一丛旧事，捕捉一些开敞的信息或隐秘的细节，触摸一条血脉的藤和精神的根，无须过多费力。生机勃勃的现实与辉煌沉寂的过往，就这样肩并肩地站在一起。

流年的风，绵绵吹。吹落了江南花雨，吹散了澹荡云霓，吹瘦了安泰河的涟漪，却永远吹不断缠绕的思绪，吹不凉滚烫的血迹，吹不灭梦想的炭粒。

现今，坊巷安在，灯市如昼；岁月安好，人心如春。伫立在这历史最深情的地带，凝望，复凝望——

那些伟岸的身影渐渐远去，却成为无法忘却的记忆；

这片古朴的坊巷慢慢老去，却不断刷新时代的故事。

目录

我說你是人间的四月天笑
响点亮了四面风轻灵在春的
光艳中交舞着变

林徽因

林徽因（1904—1955），福建福州人，原名徽音，生于杭州。

林徽因是中华人民共和国国徽和人民英雄纪念碑的主要设计者、清华大学建筑学院的创建者之一，与其夫梁思成被并视为『现代中国建筑学的创始人』；著名作家，享誉民国文坛，与冰心、庐隐并称『福州三大才女』。被胡适先生誉为『中国一代才女』。

林徽因家系福州望族，世居福州南后街，后迁三坊七巷衣锦坊、塔巷。

一炉香·生命的引渡

1

都说痛感是记忆的标签，可是，林徽因很少借由回忆的长篙，向童年漫溯，更不曾以文字去招安——或许，在海阔云遥的羁旅中，内心残旧的隐痛，早已淡远成一抹若有若无的山痕水影。

霞光浮动的熏风中，蛙声渐渐熄灭了，天空是辽阔的湛蓝。被露水滤过的鸟鸣，一声声悬挂在酣梦乍醒的榕梢……

1911年，初夏，云罗伞盖的福州城。一袭长衫的清瘦男子，孤身拎着铜制的香炉，路过一蓬又一蓬榕影，疾步迈向朱紫坊的麻王庙。

镜头中的这个人，叫林长民，他正走在替女儿林徽因还愿的路上。半城树色半城烟霞，澹荡成一名香客转山转水转时运的意境。

此前一年，林徽因出水痘，林长民曾到这座古庙为女儿祈福——水痘凶险，医术无招，人间的寄望只能转至云端。他曾那样虔诚地跪在南宋得道成仙的良医麻王爷面前，持香祈愿。轻轻的诵念在烛火跳跃中结成灯花，袅袅升腾的烟雾，引渡着秘不可触的苦难和赤诚。

对于父亲祈神庇佑之事，林徽因大抵是未知的。因为，在她的回忆文章中并无相关记述，提到的，仅是自己6岁时得过水痘，家乡唤水痘作“水珠”。

> 当时我很喜欢那美丽的名字，忘却它是一种病，因而也觉到一种神秘的骄傲。只要人过我窗口问问出“水珠”么？我就感到一种荣耀。

林徽因当时寓居杭州，父亲则在福州办学。群山意味着阻拦，江河象征着屏障，缠绕心头的牵念在山迢水远间难以抵达。再往后，兴许被庞杂的生活悄然覆盖，竟至遗忘……所以，林长民自始至终不曾对女儿言说。

然而，这枚温情荡漾的故事，深镌于麻王庙的香炉。拨去层层香灰，炉底“辛亥蒲月 林长民立”的字样鲜活如初。

这是我们穿过一百多个夏天截获的密码：林徽因的背后凝聚着父亲爱怜的目光。

端详刀笔郑重的这几粒文字，父亲的慈爱宛在刻痕里莹莹闪动，或者说，香炉长年种养着一片温暖如织的阳光。

相较于父亲的舐犊情深，林徽因对母亲何雪媛则是爱怨交织。母亲靠得这么近，却又离得那么远，在林徽因心里的投影，宛如一个谜。

在世人的印象中，林徽因的母亲何雪媛是个性情骄纵又不通庶务的女子。她不算漂亮、不通文墨、不擅女红、不能持家、不会处事，最重要的是，她没能生养所谓“继承香火”的儿子。这样一个女人，慢慢被边缘化——待林长民再娶，何雪媛被撵到了后院。小徽因也跟着住了过去。

冷房偏院锁着的凄清，林徽因刻骨铭心。偌大的房子，住着橱柜，住着衣裳，住着杯盘烛盏；也住着蚊蝇，住着风雨，住着四时不变的寒凉——说到底，是居住着一个愁云惨淡的女人。

院中的老树，委顿、冷阴，映衬着母亲落寞的背影。

每天，生性活泼的林徽因都要穿过言笑晏晏的前堂，回到阴风飕飕的后院，途经的是犬牙交错的石径，每一步，仿佛都踩在母亲凹凸纵横的痂痕上。苦闷压抑萦绕于心，久久不能排解，到了灯熄声灭的晚上，都化成了枕上泪。那是一堆破碎、

潮湿的问号，小小的徽因不明白，后院为什么是空心的海绵，一到家，自己的快乐就被抽吸得一干二净。

都说痛感是记忆的标签，可是，林徽因很少借由回忆的长篙，向童年漫溯，更不曾以文字去招安——或许，在海阔云遥的羁旅中，内心残旧的隐痛，早已淡远成一抹若有若无的山痕水影。不过，隔着十八里路回望，与母亲血脉贯通的梁从诫却颇为感伤：

> 她爱父亲，却恨他对自己母亲的无情；她爱自己的母亲，却又恨她不争气；她以长姊真挚的感情，爱着几个异母的弟妹，然而，那个半封建家庭中扭曲了的人际关系却在精神上深深地伤害过她。

如果说林徽因对这个家庭从无嫌隙，那是文饰，然而，爱来爱去，恨左恨右，靶心似乎可以指向每一个家人，却又好像处处无所着落。幸运的是，家庭遭遇在林徽因心田上犁出了沟壑，她放下了，便又迎来了一春。

这些爱恨交织的成长岁月，赋予林徽因细腻与坚韧，在她心底，搭建出一座既柔软又坚固的心桥。这座桥，通向每一个绯红的黎明，一步一步，构成了关于成长的引渡。

你看，正是在那些雨脚如麻的踉跄和蹒跚里，林徽因以

木秀于林、堆高于岸的早慧，获取了更多的关注，在一定程度上平衡了母亲的失落，替母亲挣回了面子。林徽因六七岁时，便能替家人代笔书信，寄给在外打拼的父亲。十三四岁时，父亲曾来信夸赞她：“我不在家，汝能为我照应一切，我甚喜……”林徽因在信上旁批：

> 民国七年爹爹赴日，家人仍寓南府口织女桥，徽自信能担任编字画目录。及爹爹归取阅，以为不适用，颇暗惭。

匀匀小楷，端美宁和；浅浅絮语，言之有物。

连贯的语义、通达的心境、深彻的感悟，与父亲的关切瞩望遥相照应，全然一个成人的心思和功力。

就这样，林徽因似乎不曾经历撒娇承欢的童蒙时代，便跳跃式地窜入成年的深海，无师自通，却又无可奈何。这是那个特殊时代，许多孩童纷乱中极速成长的剪影。林徽因所不同的是，才华让她拥有了另一条救赎的路。

异国知己费慰梅曾为林徽因愤愤不平，“她的早熟可能使家中的亲戚把她当成一个成人，而因此骗走了她的童年”。

因为懂得，所以珍惜。这样的知己，是大漠孤泉、沧海遗珠，拥有一个已足够。

2

船，推开碧波，那是一剪悲欢；鸥，衔来白云，那是一缕离愁。波帆，云影，岸上挥别的手势，在林徽因的秋水双眸里，渐渐模糊成远行者的日暮乡关。

冷热交替中，时光一笑而过。

不久之后，祖父去世，同父异母的弟妹尚小，父亲依然在外奔波，一家老小在北京、天津等地多次迁居。多舛的命途、动荡的生活以及琐碎的家常如此残酷地摆在眼前，犹如沉重的枷锁，将外表纤弱的林徽因层层禁锢。

纵然现实折磨她，苦难藐视她，却也桎梏不了她自由的意志和坚定的灵魂，内心早已磨砺成金的林徽因是如此铁骨铮铮。她面带微笑，不慌不忙赶赴生命的行程：不向命运低头，不向梦想摇头，每一天每一步，一定要比一个人更好，那个人，便是现在的自己。

照顾母亲和二娘，照看弟妹，打点搬家行装，联系运载车辆……样样要拿主意，桩桩得见行动，林徽因渐成家里的主心骨，一个人活成千军万马的样子，以瘦弱之躯扛起玄黄未定的乱世里飘飘摇摇的家。

及至中学毕业，她的人生像从嶙峋的山岗，纵身跃下缓坡，走向水草丰美的平原。仿佛，上天曾经欠下母亲的才华与厚爱，就此加倍转偿给她。她万分珍惜这生命中来之不易的阳面，像一株桃树，春风来了，便摇曳出满树霞彩，忘却了那些雪打霜欺，抑或将其消解成雨露涓滴。

1920年那莺飞草长的春天，山光水色烂漫得像童话，二八年华的林徽因开始随同父亲游历欧洲。父女俩拎着行李启程南下，在北京的站台与胡适、张慰慈等依依惜别。数天之后徙达上海，登上前往法国的邮轮，开启了异国之旅。告别上海那天是4月1日，黄浦江岸留下了张元济、高梦旦、李拔可等名流挥手相送的身影。

谁说少年不识愁滋味，但见烟波江上使人愁。

船，推开碧波，那是一剪悲欢；鸥，衔来白云，那是一缕离愁。波帆，云影，岸上挥别的手势，在林徽因的秋水双眸里，渐渐模糊成远行者的日暮乡关。

> 我此次远游携汝同行。第一要汝多观察诸国事物增长见识。第二要汝近我身边能领悟我的胸次怀抱。第三要汝暂时离去家庭烦琐生活，俾得扩大眼光，养成将来改良社会的见解与能力。

“万物万事，一落此君之眼，无不涣然”的林长民，对女儿的随行安排，显然深藏一番苦心和黾勉。

历尽千帆，漂洋过海；跃入人海，风雨灿烂。从法国到英国，再到欧洲大陆，那是一段紧凑而宽和、激越而淡然、迢远而新奇、充实而放达的岁月……只有林徽因知道，走过的江海长路，有着怎样的人生奔腾。

她把父亲的叮嘱化成坚实的脚步，收获一路追随着她，眼界日益开阔辽远，青春更加饱满多汁，最重要的是，从中找到了人生的方向——献身于“把艺术创造与人的日常需要结合在一起”的建筑科学。

一年半后，旅居生涯圆满结束，林徽因告别了异国云彩，也彻底告别了过去的自己。

瀚海中的远眺，高天里的飞翔，终究是人生望境。

3

十年深深浅浅的光阴，且披一肩柔曼的白纱，点洒耳鬓幽香和梨涡浅笑，为山苍水漾的爱情干一杯，沉醉在辽阔的浓烈里，沉湎在恒久的安守中。

时光策马，一晃到了1924年4月。一盏盏梨花，娴静地端捧千年雪，春风伸出小手试探花朵的定力，有一些，禁不住撩拨，雀跃成纸鸢，泊荡在天空的深海里。

花开成锦的世界，可以深欢，可以浅喜，可以踏歌，可以寻梦……

那时，刚获诺贝尔文学奖的泰戈尔访问中国，日程满

满。徐志摩、林徽因担任翻译，他们用了最美的修辞，似石上清泉，流出一滩晶莹；似林中鸟啁，吟出几许春色。

林徽因还担纲泰翁诗剧《齐特拉》的女主角，原著描画的女主角很美艳，舞台上的扮演者更优雅，“态度音吐，并极佳妙”。那一刻，林徽因被看见的，是丰富的表情、脆利的念白，是肆意飞扬的青春和即将展开的未来，一时间名高天下，吸粉无数。

其中，一个人尤对林徽因着迷，此人便是诗人徐志摩。他爱得如此无畏，哭得那么痛快，借由诗歌的丝弦，把内心所有的澎湃吟唱给林徽因听。

诗人那一汪千尺心潭，盛下桃花的倒影，再也装不下别的落英。可是，林徽因回馈以缄默——在抒情面前，不是所有人的意志都会丢盔弃甲。林徽因看得清楚，所以不愿坠入。

诗翁泰戈尔在临别之际，若有所思地为林徽因和徐志摩之间的际遇写了一首诗：

天空的蔚蓝
爱上了大地的碧绿
他们之间的微风叹了声
唉……

最后一个字，缓缓拖过，分明是佳偶难成的长叹。

他们有不一样的才华，但都一样有才。然而，人海相遇，未必能靠近；靠近的，未必能得到；得到的，未必能守好。

时光缓缓如河，幽暗穿行，林徽因的爱情，几位异性的名字，一直被世人津津乐道。梁思成的包容、徐志摩的热逐、金岳霖的空守……她一直与汹涌的流言并行，弯眉间全是坦荡。

家世故交，爱恨情仇，恋人友人，美貌才华，缤纷寂寞，流言美誉……到底哪些是真相，哪些是虚妄？哪些是鲜花，哪些是荆棘？

“梁上君子，林下美人。”在客观的历史写照与冷静的旁观加持下，我夹带一点主观热情，以为梁林二人的结合是灵肉相契、情比金坚的。他们旖旎成诗的爱情，以1918年梁思成造访林家时的惊鸿照影、情愫暗生为开端，历经1923年梁思成遭遇车祸、1924年两人携手留学美国、1925年林长民反奉不幸中流弹身亡等大事，以及梁思成母亲李蕙仙的反对又反对、大姐梁思顺的误解复和解等波折，直至1928年3月他们在加拿大渥太华完婚。

十年深深浅浅的光阴，且披一肩柔曼的白纱，点洒耳鬓幽香和梨涡浅笑，为山苍水漾的爱情干一杯，沉醉在辽阔的浓烈里，沉湎在恒久的安守中。

梁思成曾诙谐地对友人说，老婆是自己的好，文章是老婆的好！——这是场中人对共历时光的集萃提纯，是相濡以沫、举案齐眉的如山铁证，是刻于滚滚红尘中的一段至纯至美的箴言。

梁启超对这位儿媳称心称意，在一封信里谐趣写道：

> 徽因我也很爱她，我常和你妈妈说，又得一个可爱的女儿，老夫眼力不错吧。徽因又是我第二回的成功。

媳妇、女儿——当两个泾渭分明的角色画下等号时，显然超越了血浓于水的局限，当事人即便敬谢不敏，也会承认找到了家的归宿：一窗灯火，满庭葳蕤。

4

一个人在如蜜如醴的新婚时光，犹然记得父亲的遗业、母亲的迎养和族亲的守望，无疑是最长情的告白，也是远方游子与故乡胎盘的再次缔结。

度完蜜月，能操一口福州方言的林徽因，于1928年的夏末秋初回到榕荫叠叠、荷叶田田的故乡。

她踏访父亲创办的私立福建法政学堂，摊卷翻册，触砖抚瓦，追索父亲的心血旧迹，缅怀父亲的英年早逝，并以学校为背景，与二叔林天民一家合影，让隔代的血脉之情永久定格。站立的建筑，相似的面影，紧贴的臂膊，提示着生命的源头支流都在那儿，它们是血液里永远奔淌的河流。

在福州仓山小巷深处那青萝蔓蔓的可园，林徽因与孤栖独宿的母亲共度了温馨日子。这一段时光，因为涓涓亲情的浸润，竟有了山河不改、天地无恙的岁永月长。

窗外的远处，成片的茉莉在沙洲沉积的土地沸腾如浪，翻卷着最后的花期，告白着最深的真情。一丛比一丛繁盛，拥抱成云帛重锦；一朵比一朵娇妍，白出雪颜，润出玉质，洁出不食人间烟火的袅袅仙气。

新婚燕尔的林徽因仿佛也衣带云霞、雪飞绿野。虽然她此次回乡相当于闽俗传统的婚后回门，然而，一个人在如蜜如醴的新婚时光，犹然记得父亲的遗业、母亲的迎养和族亲的守望，无疑是最长情的告白，也是远方游子与故乡胎盘的再次绾结。

岁月如梭织锦云，这是多么瑰丽的一页！尽管时光年轮吱吱呀呀旋转不停，但可园那爬满窗框的丹藤翠蔓，总在诉说这层层叠叠的隔年往事，让光阴辗转成歌、流散如花。

当年，在可园小住后，夫妻俩离开了，前往东北大学任教。他们为何选择东北？是否以某种方式怀念长眠地下的林长民？那片广袤黑土，那片辽原白雪，真切流着林长民最后的鲜血。父亲殁亡时，他们远在国外留学，未见上父亲最后一面，他们内心的隐痛，只有被青春剥落的年轮知道。

时光踩着朝明夕晦的鼓点，快步前进。到了1931年3月，春日暄暄，喷溅出满天满地的姚黄魏紫。林徽因移居幽静的香山疗养，骨肉逐渐丰满，倦梦自由舒展。欢愉的日子总是会激起人的无限诗情，林徽因提起了笔，笔尖开出了花。

她说："天知道究竟写诗是怎么一回事。"细想，炽热的信仰与爱情，或许就是诗歌的源头——生活的幸福，古建的美好，使得星辰在眼、天地在心，江风、雨露、春花、秋月等意象，也就自然而然从她脑海中萦流而出。

在逸兴遄飞的创作中，林徽因清脆的笑声长成了诗的模样——从《笑》到《深笑》。那时的笑，是唇边浑圆的旋涡，是花儿开了一朵，是雪化后那篇鹅黄，是高塔上风铃的转动……

断句间舒展的欢颜、匀衡的谈吐，以及碎影流年中的皎皎无瑕，分明是钻石闪光、春花带露的灿烂，是韶光里鸣响不息的钟鼓之声，是她朝朝暮暮的活法。

5

筑一间庙堂，塑一具金身，并非求取仰望，更不是贪念永生、奢享万世香火，而是活过褴褛的青春，已知岁月深，端放几缕和光同尘，于青灯黄卷中抵达佛心禅境。

建筑与诗歌俨然一对亲友，它们牵着手，追赶氤氲而来的光阴，向林徽因靠拢。或者说，林徽因触类旁通的才华，像四通八达的铁轨，让建筑的高原和诗歌的大海，遥遥相遇。

她左手擎着诗人的冠冕，右手握着中国第一位建筑学女教授和女建筑师的徽章。这枚徽章，别人是抢不走的。

他们夫妻双双加盟营造学社后，深入乡野考察，朝奔夕走、风餐露宿，攀梯上梁、探骊寻珠，足迹踏遍大半个中国。每一次出发，都是艰险重重而又拓路踏歌的跋涉；每一回跋涉，都是为了中国含泪带笑地站起……

中国保存最完好的唐代木构建筑——佛光寺，犹如海底遗珠、柜中弃璧，终于在雄奇险绝的五台山被他们发现了。梁架蛛网如织，案桌积尘盈寸，大殿蝙蝠横飞……但那份来自千年前的旷世风华未被尘埃磨蚀，历经漫长的等待，终于盼到了知音的抵临。

唐风雄姿在破败的构架里张扬，晶莹泪花在幸福的战栗中洒落。站在殿主宁公遇丰腴清和、庄严华妙的塑像前，林徽因忍不住低语：

> 我真想在这里也为自己塑一尊像，让林徽因这位女弟子永远陪伴这位虔诚的唐代大德仕女在这儿盘腿坐1000年。

筑一间庙堂，塑一具金身，并非求取仰望，更不是贪念永生、奢享万世香火，而是活过褴褛的青春，已知岁月深，端放几缕和光同尘，于青灯黄卷中抵达佛心禅境。

这座千年古刹一经擦亮，便站成了中国大地上最壮美的象形字，打破了日本人“这样的建筑只能到奈良城去看”的妄言。

翻开历史的册页，发现一件事非常有趣：日本奈良古城之所以能够完好保存，竟是梁思成“手下留情”的结果。二战盟军轰炸日本前夕，让梁思成标明日本文物之地，梁思成在奈良城上审慎地画了个圈。

从起笔到收笔，“圈划”动作短短数秒，却跨越了历史的广阔与纵深——对于古建筑来说，逃过一劫的价值，远胜于重生再造。从中体现出的，不仅是一位建筑家的赤子之心，更是梁思成身为一个中国人的开阔胸襟。

咔嚓咔嚓开往太原的列车上，窗外是行进的榆次大地，就在某一刻，简约而静穆的永寿寺雨花宫在模糊的车窗外一闪而过。便是这一闪，林徽因智慧的火花被点燃。她建议踏勘，而考察的结论果然印证了她的判断，那是宋初的建筑。“雨花宫”这三个优美的汉字由此实证了从唐到宋的建筑风格过渡。

旅途中的这个插曲，犹如一枚坚果，密实的纹路回环着林徽因的禀赋。情怀的修炼、学养的跬积和触角的锐化，在建筑考证的程序里，犹如密钥，让登攀者无往而不胜，轻易跃上顶峰，眺望醉美秋色。

她还创造性提出“建筑意”这个学术概念，科学而光亮，浪漫且实用。“无论哪一座巍峨的古城楼或一角倾颓的殿基的灵魂里，无形中都有历史在诉说乃至歌唱着时间的变迁……”唯有探向时代前沿的诗意笔触，才能让顽石点头、使建筑说话。她还襄助丈夫成功破解了中国古建筑结构的奥秘，完成对“天书”《营造法式》的权威解读。

顿挫的时光，能同时开枝放蕾，灿出万树摇红的，也只有林徽因了。

6

她爱古建筑的华美，爱它们的沧桑，爱它们的坚挺，爱它们风雨中的宠辱不惊，甚至爱那檐角挂着的瘦月寒光，爱那石基粘贴的苔痕碎碧。

提起林徽因与梁思成，世人总绕不开“李庄”二字。那是他们夫妻奋斗的战场、人生的道场，是他们夫妻生命历程中咯血带泪、不可跳过的章节。

匮乏封锁古镇，潮湿包抄生命，他们用肉体和意志作铠甲，与时间斗，与世态斗，与疾病斗，与自己斗……旷日持久的战斗中，他们从未认输，也从未真正输过。

那里偏移的日影、弥漫的雾气、经年的江风、单调的涛声，一一听过他们夫妻衰弱又昂扬、无奈却坚决、灼痛却欣慰的生命歌唱。他们是仗剑而行的兵勇豪侠，始终对岁月温柔以待，他们惊艳了时光，也感动了朋友费正清。在《费正清对华回忆录》一书中，有笔墨如此重彩存记：

> 傍晚五时半便点起了蜡烛。没有电话，仅有一架留声机和几张贝多芬、莫扎特音乐的唱片；有热水瓶而无咖啡；有许多件毛衣但多半不合身；有床单但缺少洗涤用的肥皂；有钢笔、铅笔但没有供书写的纸张。他们都已成了半残的病人，却仍在极端艰苦的条件下致力于学术。

物质的贫瘠、躯体的病痛，未曾磨灭读书人的心志。镇庄边缘静静流淌的江流，照不见人生的前程，也照不见生活的真谛，那又怎样？那就俯首书案、潜心典籍吧。

两条风浪中的船儿，互以对方为岸，阅尽千帆逆流而上，最终在迷雾中捧出了《中国建筑史》、英文版《中国建筑史图录》、《中国营造学社汇刊》。可以说，在纸上的建筑图样之外，于精神的高地，他们构造了另一种巍峨。

河北正定隆兴寺，也留下他们夫妻的足迹。梁思成对寺中的摩尼殿构架有着精彩的描述：

> 各梁柱间交接处所用的角替、襻间、驼峰等等，条理不紊，穿插紧凑，抑扬顿挫，适得其当，唯有听乐队之奏鸣曲，能得到同样的锐感。

一个人的成就，并非无源之水；一个人的声名，不会无端湮灭。这段糅合了通感手法的诗意笔触，汩汩涌动着建筑学的谨严、史学的哲思、文学的浪漫，隐约可见“林徽因范儿”的才情。对于梁思成的手稿，林徽因经常搦管操觚，进行润色。正是这样“知己知彼”的修改，才使得纸页间的陈述走向充实，走向诗意，走向更加开阔的境界和长远的未来。

而从这样的“成全”来看，所谓的举案齐眉，无非是这般，在彼此的事业宏图中竭尽全力、相陪到底；所谓的地老天荒，不过是如此，在两人的颠沛流离里执手相顾、依偎与共。

> 如果我的心是一朵莲花
> 正中擎出一支点亮的蜡
> 荧荧虽则单是那一剪光

我也要它骄傲的捧出辉煌

林徽因心似白莲，志比红烛。她对古建筑的那份炽爱，好似流淌在血液里。她爱古建筑的华美，爱它们的沧桑，爱它们的坚挺，爱它们风雨中的宠辱不惊，甚至爱那檐角挂着的瘦月寒光，爱那石基粘贴的苔痕碎碧。

正因为热爱，到了生命晚期，她不顾病体，与丈夫共同设想在北京环绕40公里的城墙上开辟遗址公园：

> 城墙上面，平均宽度约10米以上，可以砌花池，栽植丁香、蔷薇一类的灌木，或铺些草地，种植草花，再安放些园椅。夏季黄昏，可供数十万人的纳凉游息。秋高气爽的时节，登高远眺，俯视全城，西北苍苍的西山，东南无际的平原，居住于城市的人民可以这样接近大自然，胸襟壮阔。还有城楼角楼等可以辟为文化馆或小型图书馆、博物馆、茶点铺……

深思远虑的背后，是知识分子的耿耿丹心，是那丹心深处涌动不息的赤诚与热烈。她以建筑学家的严谨博学和诗人的风雅浪漫，为独一无二的立体环城公园大胆规划设计，隐藏的愿望是：让这些祖宗留下的遗产，一直站在自己的位置，奉上它们从悠长岁月沉淀下来的美好，供一代代人支取。

然而，处处都有欲望，欲望的另一个名字叫短视。那些战火未曾毁灭的古建筑，最终还是倒在了推土机的铁臂钢牙之下。

望着北京城墙倒下的滚滚尘埃，她失声痛哭，仿佛丧失亲人。是的，这些建筑是她的另一部分血亲，骨肉相依，无可代替。

“你们今天拆的是真古董，有一天，你们后悔了，想再盖，也只能盖个假古董了”，病榻之上的悲愤与疾呼，像坠落的泥瓦和剥落的墙皮，统统粉化于漫天尘土之中……

险象环生的世界，谁能护谁一生周全、半世安稳？人生如斯，建筑亦是。

7

无字的碑石，不曾等待铭文刻落。其实，不着一字，自有时间的深壑纵横。那是万古人间记忆的沟回。

阳光未曾抵达的天空，灰云乘虚而入，沉郁得深不可测，像一场阴谋。林徽因被肺结核死缠烂打了好多年，渐渐失去脚底的稳固、灵魂的高蹈，生机勃勃的气象一去杳杳。不得不慨叹：躯体无论怎样的蓬勃壮硕，在疾病面前都脆弱得如同蛛网，不堪一击。

寒风又起。风是春天的疼痛，也是林徽因的疼痛。

她再也走不出凛冽杀气，走不出气喘吁吁。消瘦的身子，吞吐着消瘦的话语。在一声紧促一声的咳喘中，时光一路消瘦了下去，瘦成了一片铅灰色的云。

1955年4月1日的清晨，这片铅灰色的云，压弯了日子。来不及见一面外孙，林徽因就停止了呼吸。三月刚转身，四月就成了生死场，那么着急为春天挂起了挽幛、为鲜花修葺着墓园。

林徽因曾说过：信仰只是一细炷香，那点子亮再经不起西风，沙沙地隔着梧桐树吹。此时，将“信仰”改成“生命”依然贴切——生命再坚强，又怎经得起几回雨骤风狂？

半百年岁的终结，短促得像一首诗，余韵悠悠，怀念不休。随着悲惘的潮汐，疑问涌入脑海：与命运相关的东西真的藏在看不见的地方吗？4月1日，多么意味深长的日子，开不起任何玩笑，35年前同样的一天，她向欧洲远游出征，这次显然不同——她开启的是永无归期的远行。

去路已去，来路不来。拨云回望，在生命长河一程程接驳的引渡中，她走过福州，走过杭州，走过天津，走过山西，走过北平，走过李庄，走过大洋彼岸；走过异乡，走过故乡；走过信仰，走过苦难；走过诗意，走过荣耀……走成了一位笑得出声、流得了泪、熬得下苦、点得着火、耐得住枯寂、扬得开血性、撑得起傲骨的人。

最后，她平静地走回了家。人生的屐履有如笔触，写成分行诗，每一行都伸向一个领域，都有无垠的辉煌。

八宝山一隅，火柴递来一撮热量，笔直的香烛在火焰中洇红，燃烧，光亮披散，清气萦绕。一束带露的白菊，高举着带泪的思念。墓碑下方，枕着人民英雄纪念碑底座雕饰汉白玉的试刻样品。

有人说，她以才情为斧凿，在最坚硬的质地上完成人生最精美的构图。

无字的碑石，不曾等待铭文刻落。

其实，不着一字，自有时间的深壑纵横。那是万古人间记忆的沟回。

愛在左同情在右在生命路的兩旁隨時撒种隨時开花

冰心

冰心（1900—1999），福建福州人，原名谢婉莹，笔名冰心，取自『一片冰心在玉壶』。

现代著名诗人、作家、翻译家、儿童文学家、社会活动家，被称为『世纪老人』。她的作品《繁星》《春水》《寄小读者》《小桔灯》等以及她的『有了爱便有了一切』的人生哲学，影响了一代又一代读者。

生于福州澳门路的隆普巷内。1997年，冰心文学馆在福州长乐落成。故居在三坊七巷杨桥巷，与林觉民故居同为一处（冰心祖父于1911年从林觉民家属手中购置此宅）。

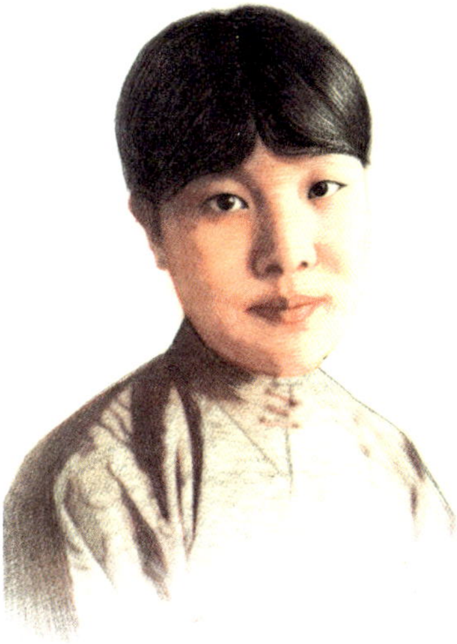

一丛藤·春天的颂词

1

一切无常易逝而又美丽的事物都能从大海中找到联系，如青春，如时光，如沉默的命运，如谜一般的爱情，如汹涌澎湃而又不可奉告的梦想……

提起“冰心”，你脑海里最先闪现的是什么？是年轻时那张娴静如水的照片？是晚年陪伴她的白猫咪咪？是课本里学过的《小桔灯》？还是“文坛祖母”的赫赫声名？

时空抽离，却不隔离。

记忆的碎片如帆船般飘过时空的汪洋，像某本书里的只言片语，又像某部电影里的特写镜头，星星点点聚拢的是一

颗在中国文坛和读者心穹闪烁百年的“星星”。

> 清晓的江头，白雾茫茫，是江南的天气，雨儿来了；我只知道有蔚蓝的海，却原来还有碧绿的江，这是我父母之乡！

黛峰如簇，烟横水际，舟楫欸乃中，几点飞鸿蹁跹……对于福州这个父母之乡，冰心一生只回过两次，可是，蜿蜒在故乡大地的闽江深微入骨，粼粼清波淌成了她梦中的歌。歌唱不尽，陶醉不已，思念不休，便用文字将漫远的时光与湿重的乡愁黏合起来，庄重而深情。

故乡，是生命的源头，也是生活的出处。冰心通过这段附载乡愁的记忆，完成对过去的指认和身份的验证。在她百年人生抹不掉的乡恋中，始终萦绕着福州长乐横岭乡的泥土芬芳，在其后的延长线上，又和三坊七巷紧紧盘绕在一起。

因此，家谱上的文字，一直浸满闽都的风晴雨雾。

1900年10月的一个子夜，冰心降生于乌山脚下的隆普营，那是家人从长乐横岭乡搬到福州城谋生的住处。3年后，因为父亲谢葆璋奉命到山东烟台创办海军军官学校，冰心的童年随之摆渡他乡。

我从小是个孤寂的孩子，住在芝罘东山的海边上。三四岁刚懂事的时候，整年整月所看见的：只是青郁的山，无边的海，蓝衣的水兵，灰白的军舰。所听见的，只是：山风，海涛，嘹亮的口号，清晨深夜的喇叭。

儿时的冰心像个小大人，时常抱膝坐在门口的石阶上，注视着大海。她面容沉默，内心却翻涌似海。

海里堆满了浪花，每一朵各有风姿。暮色漫过晶亮的水面，波浪不休不止地跳跃，舞姿变幻，幽光晃闪，仿若心事明灭。几只海鸟的啼叫，放大了暮色的深沉寂寥。

天地之间，似乎只有波浪是永不疲惫、从不寂寞的精灵，它们舞之蹈之、奔之跃之，一朵追逐另一朵，倘若给它们插上翅膀，一定也能飞翔——云朵就是它们蒸腾盘旋天空的模样。

也是从那时起，冰心的内心便驰骋着无边的幻想。一层层波浪，也时常漫过她悠长的梦乡。

我的心，孤舟似的，穿过了起伏不定的时间的海。

在海浪里上下颠簸的小舟，起伏成冰心的心跳。她的生活与回忆，似乎在懂事的那一刻，便紧紧绾系那片蔚蓝。可以说，大海给予她对生命、对文学、对美的最初启蒙，因此在她日后的文学创作中，我们能频繁见到大海的影子。

命运如同海风——吹着青春的舟飘摇的曲折的渡过了时间的海。

在冰心眼里，一切无常易逝而又美丽的事物都能从大海中找到联系，如青春，如时光，如沉默的命运，如谜一般的爱情，如汹涌澎湃而又不可奉告的梦想……

然而，古老的海风，一年年掠过红树林，拨开海鸥的翅膀，翻动思绪的云朵，吹尽光阴深处黄沙埋着的故事。冰心又坚信，在无涯的海上，海风从来没有末路，人生也不会有穷途。

2

杯口的液滴顺着杯壁无声滑落，在斑驳的桌面洇出半轮印痕，仿佛冰心嘴角微微上弯的笑唇——手捧书香之人，心如海，眼含星，唇上有花开。

大海的辽阔与浪漫，浸润了冰心尚未开化的日子。面对每一次大海的翻卷而来，每一次朝阳顺着桅杆爬上对岸，冰心的胸腔也是霞光万丈、群浪缤纷。

就像灯塔呼唤海鸥，书籍招引着冰心。书籍，构成另一片知识的汪洋大海，载托冰心的梦想扬帆远航。

冰心是个故事迷，母亲挡不住女儿柔软而又汹涌的意念，就把中国传统的“牛郎织女”“梁山伯与祝英台”等民间故事讲给她听。老故事讲完，新故事断流，深感不解渴的冰心不依，母亲只好找来弟弟杨子敬救场。

冰心对知识的渴望，点燃了舅舅的激情，舅舅决定让冰心的人生多一个支点，每天晚饭之后的半小时，便给冰心讲述《三国演义》里的故事。他讲得绘声绘色，一个个忠肝义胆的人物仿佛从书中跳出来，在冰心眼前跃动。有时候舅舅因工作繁忙脱不开身，冰心白等一场，只好半懂不懂地自读。

文字，是穿越时空的使者。手里捧着那本厚厚的《三国演义》，一眼跌进书籍的世界，冰心或蹙眉，或展颜，随着人物的命运跌宕而哀歌泪笑，内心浸润得万千锦绣，稚气的脸庞也渐渐敷上了书香墨韵。

冰心捧书夜读的桌案旁，相伴的是大人们冲泡的茉莉花茶。来自家乡的淡绿叶片自在沉浮，吸附热水后尽情舒展着身肢。杯口的液滴顺着杯壁无声滑落，在斑驳的桌面洇出半轮印痕，仿佛冰心嘴角微微上弯的笑唇——手捧书香之人，心如海，眼含星，唇上有花开。

橙色的光从墙角洒下，不高不低，不紧不慢，暖暖淌过阴暗的角落。如果说橙色是世界上最热烈又最贴近人间的颜色，那么一定有许多人会像冰心那样，义无反顾地爱上这抹平凡而多情的光色。许多个这样暖色氤氲的夜晚，借由落在书中星星一般的文字的照耀，冰心一次次穿越黑暗的深渊，奋楫驶向她的锦瑟华年。

家人口中的故事和那些排列在书中的文字，给予冰心很好的文学滋养和启蒙，它们带着海洋的宽阔将她揽进怀里。虽然彼时的她不见得对文字运用有多么熟稔，闲时模仿《三国演义》写的《落草山英雄传》也是玩乐拾趣的成分居多，只写了一部分便搁笔了，但可以确定的是，文字早早成为冰心生命中必不可少的一种存在，或者说，在冰心性情构成中，阅读写作是最先崛起的板块。

除了自己动笔模仿写作外，冰心在跟随父亲到军舰上参观时，还时常把自己看来的、听来的故事转说给海军士兵们听。那有板有眼的叙述，迷醉了士兵们的耳朵。

> 我的童年生活是快乐、开朗的，首先是健康的。该得的爱，我都得到了，该爱的人，我也都爱了。我的母亲，父亲，祖父，舅舅，老师以及我周围的人都帮助我的思想、感情往正常、健康里生长。

家人的慈爱，创造了意想不到的斑斓，让她的童年长成童年的样子：青枝苍苍、表情焕然。

少时的冰心时常穿着小小的男军装，骑着白马在沙滩上奔驰，银铃般的笑声一路洒落。父亲每天帮她扎美丽的小辫，不让她跟别的女孩一样穿耳洞、裹小脚……父亲是如此开明。海浪闪闪，天星荧荧，就像父亲的微笑。

偶尔，她坐在瓜棚架下听父亲诉说悲惨的海战往事。每当父亲说起很多战友把威风凛凛的英年燃烧在炮灰里时，沉默凝固着空气。激愤的父亲语不成声，陷入了破碎的语句。破碎的年月，破碎的生命，破碎的画面，冰心脸上也挂满了破碎的珠泪。

寂寥的远天，有风贴着海面滑来，父亲贴着瓜棚的阴影咳嗽，咳碎了被潮气裹紧的夜色。

作为一名海军，父亲不太魁梧的身形，却像一片海洋。面对他，就是面对宏大。他慢慢地说了很多，默默地做了很多。说也是做，言传是行动的先导或延伸。

他那渊深而宁静的气息，话语间敞开的本性，将父女俩引入一处命运欢会的磁场——以海和帆的关系，父亲托举着冰心乘风破浪。

3

花开时节，满树的紫藤宛如瀑布自房顶的高处倾泻而下，一派繁红艳紫的热烈，仿若一首生命的颂词。近看，远观，盛到极致，几乎要中断时间的进程，一如紫藤生命最初的那一刻。

活在风雨飘摇的乱世，一个转身，世界就可能天翻地覆，即便愿意倾尽所有，也难以逃脱命运的非难。这也好似大海，起伏变幻不息，前一刻还风平浪静，后一秒就恶浪滔天。

不久，冰心现世安稳的日子迎来了当头一棒。

那是1910年，海军学校发生了风潮，被牵连诬为“乱

党”的父亲心力交瘁。势比人强，世界对父亲变了脸，辞职成了他唯一的出路。

群山之外，皆是爱的港湾，再渺茫的远途，也会生发出汩汩暖意。父亲决定回归故乡，冰心就此跟着离开烟台，回到了福州南后街的宅院。

这个花木扶疏的宅子，是冰心祖父谢銮恩从黄花岗七十二烈士之一的林觉民的家属手中购置的。“海阔天高气象，风光月霁襟怀”“知足知不足，有为有弗为”的柱联高高在上，如星月在天，澄光临照，俨然有着“家训”的庄严之势与传习之氛。

祖父藏书读书的“紫藤书屋”，随时向冰心敞开——这是同辈难得的待遇。小小的冰心，春色独占。花开时节，满树的紫藤宛如瀑布自房顶的高处倾泻而下，一派繁红艳紫的热烈，仿若一首生命的颂词。近看，远观，盛到极致，几乎要中断时间的进程，一如紫藤生命最初的那一刻。

花朵是喧烈的，书窗是宁静的，在这喧烈与宁静之间，是一个又一个春天。意向也好，滋养也罢，冰心的生命确也盛开出花朵——彼时，冰心考取了福州女子师范预科。后来，冰心迁居北京，没有因为环境的变换而中断学业。她脚下反复踏过的南后街石板路，衍连着一个女孩不断向前延伸的求学梦。

年轮辘辘滚动，在1918年7月浮瓜沉李的日子，18岁的冰心，以全班最高分从北京贝满女中毕业，按学校惯例，她编写了“辞师别友”的歌词，并在毕业会上作了精彩演说。掌声占满了会堂，全为荣耀的主角歌唱——谁舒展着翅膀，在黎明前出发，谁就能迎来高光。

洒落分别的苦泪，唱起忧伤的离歌，冰心升入协和女子大学预科，用汗水浇灌青春的盛夏，在最美的年华让梦发芽……

然而，翻过岁月的侧脸，迎头撞向世界猝不及防的动荡。1919年，五四运动爆发了，澎湃的革命浪潮把冰心卷出了家庭与学校的狭小天地。她走向了社会，拓展了见解，勇敢地把所见所闻、所思所感付诸笔端。不久，她就在表兄刘放园供职的《晨报》发表了处女作《二十一日听审的感想》，在这篇杂感中，她的思想锋芒和清丽文风得以牛刀小试。

及至发表第一篇问题小说《两个家庭》时，她首次使用笔名“冰心”，作品轰动一时。“冰心”的笔名也沿用一生。

沿着光阴的堤岸，可以找到最初的柳枝。其实，刚开始冰心对自己的写作能力缺乏足够的自信，从她选用笔名发表文章可以看出她曾经的徘徊、深藏的卑怯：

> 一来是因为冰心两字，笔画简单好写，而且是莹字

的含义。二来是我太胆小，怕人家笑话批评；冰心这两个字，是新的，人家看到的时候，不会想到这两字和谢婉莹有什么关系。

之后，冰心发表了《斯人独憔悴》《秋风秋雨愁煞人》《去国》等问题小说；再后来，她发表了《繁星》《春水》等诗作，流转着万缕蓬勃热力和一抹灵动亮色……原本希望成为一名以刀为器的医生的冰心，竟阴差阳错地当起了以笔为刀的作家。

——坐在时代的风口，看着日落星沉的穷途末路，看着灰烬之中的烟火重生，看着生活中被现实击碎的种种幻想，看着跌宕处心跳画过的长长曲线，看着大家谈论革命捐躯像谈笑般坦然与热烈，看着爱更像爱，渡尽劫波，承载着荆棘中开出鲜花的向往……是不是每个人都擅长讲述故事？都试图以自己独到的方式解释或改变这个世界？

可以确定的是，小时候坐在浪尖、成年后坐在风口的冰心，做到了以纸为筏输送故事、以笔代刀镂刻世界。这是一种拐着弯的抵达，是无心栽柳的游戏，却又显得水到渠成。

4

孤筏重洋的两个人，劈波斩浪一路走来，就在此时此刻，相遇在小小的甲板。眼见了，倾心了，牵手了，然后便是一生一世。

每个人的日常生活都是长篇叙事，在生的开头与死的结尾中，爱情是一段最值得着笔落墨的轰轰烈烈的高潮。

冰心也不例外。彼时，燕京大学本科毕业的她获得了金钥匙奖以及留学生名额和奖学金，于是，1923年8月从上海黄浦江码头登上约克逊号邮船，向美国威尔斯利女子大学出发。途经的每一处陌地，都承载了冰心热烈的向往。

就在这颠簸的船上，冰心与吴文藻相遇了。此后，船上便多了两个倚栏望海的男女，他们的交谈比浪花更欢腾，彼此的新奇与好感化作温软的话语，你述说流年的深情，我刻画眼中的美好，耳热心跳地说着……

一切都很平淡，一切又都惊奇。细想他们的遇见，恰好印证什么是“天赐良缘”——冰心因思乡突然想起同学吴文梅托付找其留学的弟弟吴卓一事，便拜托许地山去船上打探寻找，结果许地山认错了人，硬生生把吴文藻拉了过来，这一拉，便拉开了他们相识相恋的帷幕。

历史的偶然，恰如旁逸斜出的枝头，绽放着最绚丽的花朵。在上苍的冥冥安排下，孤筏重洋的两个人，劈波斩浪一路走来，就在此时此刻，相遇在小小的甲板。眼见了，倾心了，牵手了，然后便是一生一世。

温热的手掌，驿动的心脏，眼波里流转的万语千言……美得令人心悸。这偶得的爱情，承载于波浪之上；波浪的幻变，反衬着爱情的永恒与不朽。

1926年的夏末秋初，学成归国的冰心回到了阔别三年之久的母校燕园。

我的脚已踏着了祖国的田野，我心中复杂的蕴结着欢慰与悲凉！

万里归来年愈少。阔步归来的冰心，很快便拥有助教和《燕京学报》编委的新身份。一切都是热气腾腾的样子。

1929年6月，冰心同拿了博士学位归国的吴文藻举行婚礼。那一年，冰心已跨过29岁的门槛了。柔情似水，佳期如梦。在爱情面前，跨山跨海可以等，隔月隔年可以等，花开花谢可以等，风来雨来可以等。在等待面前，地不老，天不荒。

婚礼简朴又庄重，随性又浪漫，新婚之夜在京西的大觉寺度过。宁静的夜，照亮了夜；柔软的心，访问了心。

那一夜，美得像首诗。之后，他们南下度蜜月。再后面，岁月已经走远，他们的爱情依稀同前，一如那晚静寂的美好、澄澈的星光。

爱在右，同情在左，走在生命路的两旁，随时撒种，随时开花，将这一径长途点缀得香花弥漫，使穿花拂叶的行人，踏着荆棘，不觉得痛苦，有泪可挥，也不是悲凉。

怀揣童年时家人的关爱、成年后丈夫的深情，便有了如许充满体温的文字：知道人间的疼痛、懂得大地的渴念、体悟万物的期许。每一粒文字都被那晚的星光喂养着，把抚书阅读的人带向黎明的长路，带向卉木萋萋的阡陌。

5

怀念是消逝的背面，永远都是。它沉默，坚忍，眼含热泪，面朝青天。无边的缅怀，就像她长存的爱，一定有，且永在，年年依旧，日日高耸！

日月在窗间打马而过，人生也总是伴随荏苒而轮转的四季，不断路过、停留、抵达……

后来，便是动荡的时局，冰心与家人来到了大后方，投身火热的抗战生活。云南呈贡的默庐、重庆的七星岗和歌乐山上的潜庐……在这些远离亲人的地方，他们穿过窗户仰望星空，“失望”的孤星不敢随便闯入他们颠沛的时光。

> 我的寓楼，后窗朝西，书案便设在窗下，只在窗下，呈贡八景，已可见其三，北望是“凤岭松峦”，前望是“海潮夕照”，南望是“渔浦星灯”。

就像命名栖居小屋为“默庐”“潜庐”，她在寄寓中学会了沉潜。面对兵戈离乱仍不忘讴歌寻常美景，凭借乐观敲打着肉身和意志，以热血瓦解世相的惨淡与生活的荒芜。这是一种自我治愈和召唤。

在重庆的艰苦岁月，排列着汤汤水水的日子，草草杯盘、昏昏灯火，加上雾气终日升腾盘踞，一切表象都是混沌的。冰心用清醒的笔，勾勒出崭新的书写方向，创作了《关于女人》，以朴茂的笔触描写14个女性故事，透视特殊时期的女性群像。

在作品之外，我们所能看到的是：由鼎沸走向冷寂，那个写作的世界依然草木繁盛、气息丰盈，战争的阴影丝毫笼罩不到。

新中国成立后，祖国的新天新地、新人新事、新风新貌，洗刷着冰心的笔头。她写散文、写小说、写诗歌，心田涌动清水一汪，腕下笔尖尘埃不染，赞美一切美好事物，一笔一笔写春秋。相继推出《小桔灯》《再寄小读者》《因为我们还年轻》等作品，纸页间，光影婆娑，杂花生树。

也许，正是生命行走历程中沉淀的独特记忆、情感、经验、想象、领悟，落到文字上，便带着鲜明的价值取向，构成“有了爱便有了一切”的生动图谱。

寒木春华，自有万千气象。及至晚年雪满白头，依然不曾寂寂老去，她抛出的“生命从80岁开始”的豪言，真不是一句笑谈——在20世纪80年代，斩钉截铁地步入新的创作高峰。

蛙声降落，鸟啼扬起，日子一个接着一个，花光摇曳。冰心在奔跑，文字在飞翔。那思想的光芒，是一瞬，也是永恒。

> 回溯我80多年的生活，经过了几个“朝代”。我的生命的道路，如同一道小溪，从深深的山谷中，缓缓地、曲折地流入“不择细流”的大海。它有时经过荒芜的平野，也有时经过青绿的丘陵，于是这流水的声音，有时凝涩，也有时畅通，但它还是不停地流着。

这是冰心在其《冰心文集·序》里所写的，充分表达她那“淡泊明志，宁静致远”的人生态度。

端详冰心的照片，发现她越活越发光彩，愈老愈见慈祥，恬淡写在唇边，幸福露在眼角。都说相由心生，眉山目水间隐伏着她走过的路、读过的书、爱过的人、见过的风景、牵过的岁月，以及在光阴辗转中的葳蕤与寂寞……一切都是春深静绿、水阔洁流的样子。

是的，素手研墨，写尽一生芳华、万般故事，渐渐心幽似井，最不恋觥筹千盏、浮花璀璨，亦不惧千山暮雪、梨花雨凉。爱的，念的，怨的，牵扯的，在心海一一登场又逐个清场，最后，便凝成那一抹岁月静好如初。

1999年2月28日，这个用生命思考、以情感布施的作家永远睡着了。山不穷，水未尽，唯有大爱值得倾力歌颂，冰心的海滨家乡福州长乐，以文学馆的坚固外形构筑着永世记忆。

怀念是消逝的背面，永远都是。它沉默，坚忍，眼含热泪，面朝青天。无边的缅怀，就像她长存的爱，一定有，且永在，年年依旧，日日高耸！

世俗上的人都以为我是为
了坎坷的命运而悲叹而流泪
哪里晓得我仅仅是为了自己
的孤独——灵魂的孤独而叹
息而伤心呢

廬隱

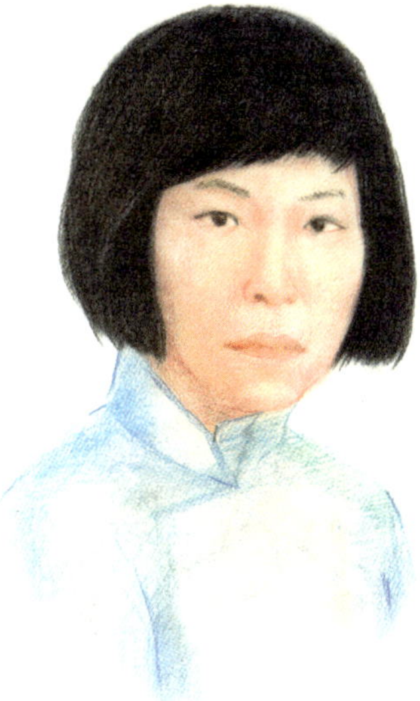

庐隐（1898—1934），福建福州人，原名黄淑仪，又名黄英，笔名庐隐，含『隐去庐山真面目』之意。

五四时期著名作家，与冰心、林徽因齐名，并称『福州三大才女』。在2003年美国哥伦比亚大学出版的《女作家在现代中国》（*Writing Women in Modern China*）一书中，其与萧红、苏雪林和石评梅等人入选18位重要的现代中国女作家行列。

1934年5月在上海逝世。庐隐纪念堂在其家乡福建闽侯南屿镇岭东村。曾居住三坊七巷黄巷。

一团雾 · 山庐的游魂

1

那眉下脉脉的一瞥，那唇角淡淡的一笑，那指尖温温的一握，始终凝固在心头。或许，这就是一见如故。

清风，薄雾，柳杉，木屋。

这是鼓岭的面孔。1926年烈烈如焚的盛夏，执教于福州女子师范学校的庐隐来此度假消暑。

林木莽莽，烟岚漾漾，细瘦的石阶攀向远峰。阳光自云深处千军万马地飞越而来，遇着这山中绿森森、凉沁沁的披枝散叶，便化成水，滴滴答答地往下落。轿夫踏上去，溅起一阶阶的光点，繁星般灿烂。

庐隐掀开轿帘，幽幽低语：“鼓岭，我来了，我来了。”由于近切，几乎颤抖；因为热切，所以克制。

> 不久又到了夏天，赤云千里的天空，可怜我不但心灵受割宰，而且身体更郁蒸，我实在支持不住了，因移到鼓岭来住。

一座山，一个人。她来舔伤。

此刻，抹去作家的身份，她只是一个挤压在现实夹缝中的丧偶女子。丈夫郭梦良已成梦中人，但围绕他的过往，就像显影液中的相片，一帧帧次第浮现。

他们的人生初相见，定格于1919年的福建会馆。五四运动爆发后，学界纷纷组织同乡会，福建也不例外。在古木巍巍的四合院里，一群热血沸腾的福建人汇集在一起，他们办《闽潮》，搞活动，凝聚爱国力量……

人生若只如初见。在所有关于相遇的词里，最美丽的莫过于邂逅。邂逅是不存企图的相逢、不需彩排的相交、不必彷徨的相知。一群人，一场偶遇，涂抹着纯粹与浪漫。

郭梦良是北京大学学生，戴着圆框眼镜，与郑振铎同在学联担任职位。那时的庐隐，仅是北京女子高等师范学校的学生。她凝视郭梦良，隔着阅历而生出崇拜，只觉得对方青青年华，一派斯文。

霎时，庐隐的内心山呼海啸，眼前的世界斑斓摇曳。

共事，交流，仰慕，倾心……两人的交往，依照爱情剧的发展轨迹推进。可是，这股感情激流冲决向前之时，沿途却明礁历历、暗石丛丛。那时候，郭梦良是已婚之人，并有孩子；而庐隐已同表兄林鸿俊订婚，四邻皆知。

被爱情照亮的庐隐，执拗得像一只扑火的飞蛾，她哪会管前路流言纷纷、道阻且长呢，她只会拼了命地朝光亮撞去罢了。母亲的极力反对、以命相逼未使她退却；郭梦良的思前想后、顾虑重重未使她灰心；未婚夫林鸿俊的飞鸿片片、再三挽留未使她动容；闺蜜们的苦口婆心、一致劝阻也未使她转意。

这便是放言“我羡慕英雄，我服膺思想家”的庐隐！你说她是女英雄也好是女疯子也罢，她始终横眉冷眼地站立在那里。即便林鸿俊“要不是认识你和你家的提携，我永远是个野孩子，更谈不上上大学，当工程师。我应该替你打算。如果我们能结婚，我一定千方百计使你幸福”的告白是那么的真挚动人，她还是坚定地听从自己的内心，不动摇，不将就，不自弃。

激情的电，诺言的风，终究败给了喜欢。

一边是郭梦良，他那眉下脉脉的一瞥，那唇角淡淡的一笑，那指尖温温的一握，始终凝固在心头。或许，这就是一见如故。

另一边，对于异地悬隔的林鸿俊，她并未生出想念，也从未想象再见。她初恋的承诺只是为了对抗家人的反对，出于一份侠气，并非陷于爱情。

她以为两个人在一起，除了彼此照拂、共享时光外，更重要的是精神上的交融，显然，识见殊异的林俊鸿在庐隐眼里，从来都不是鸿雁，无法与她比翼共飞，而更像是蝉蜕，徒有空洞俗气的外壳。庐隐决定不需矜持、不留退路，坚持有事说事、见招拆招：

> 我已经回信，请他（林鸿俊）另找高明。
>
> 我没什么问题，退婚罢了，但郭还有点顾虑，怕舆论是非。

信件回复得直白磊落，语气冷硬，潇洒的笔迹勾画着庐隐的坚然去意。1922年毕业前夕，肥胖的蝉声一粒一粒，从瘦枝上簌簌滚落，像远方一个伤者的眼泪。庐隐才不管呢，说走就走，迢迢奔赴日本漫游寻迹。

海阔云遥，一站接一站地行走，没有牵绊，没有回头。

天津、沈阳、大连、旅顺、朝鲜……星辰大海落入笔端，摛旎成《扶桑印象》《月下的回忆》《华严泷下》等游记散文。字里行间，一派怡情野趣，满目风日洒然。

再美好的旅程，都有结束的一天。等庐隐回到了校园，抖落身上的旅尘，骊歌也轻轻响起了。

微茫的青春，离散的岁月，全是风尘奔波的足迹。她怀揣毕业证书前往安徽宣城一所中学执教，由于环境生疏，一手握着流浪，一手牵着乡愁。在那个水土不服的异乡，她在隔空等候一个人的承诺，可是，郭梦良迟迟化解不了家庭阻力，庐隐的内心在忽而幻想、忽而挣扎、忽而原谅中反复撕扯，慢慢纠结成一丛蔓生的植株。

翌年二月，一片寒光凝然，四下熏气杳霭，映衬着庐隐低落的心绪。好友程俊英结婚，她千里迢迢回京道贺，喜庆的氛围感染不了她——须臾的繁闹终究敌不过巨大的荒芜，心头的烦闷全凝成了眉眼间的愁云惨雾。婚礼仪式一结束，她便悄然离去。宴席上，杯觥交错，人影来去，竟然无人想起少了一个人。

庐隐穿过喧闹的人群，穿过寂寥的夜色，把一盏盏路灯抛在后头。脱光了叶片的槐树，倔强地站在街边，伸出瘦硬的枝丫，好像龟甲兽骨上的笔画……风从远处刮过，一副深冬的样子。

2

都说生活是一场抬杠，你要怎样，我偏不怎样。胎盘连系的两个人彼此相爱相杀，至此，曲终人散、各自结局，一笔勾销、互不亏欠。

一盏昏黄的灯，半掩月色的窗。近家情怯的庐隐，像一只迷路的猫，迟疑地探着步子。

进了家门，在手足兄妹的沸腾怨气中，她得知母亲早已回了福州。想象母亲一个人，拖着行李，佝偻的身影被夕阳拉长，在站台那冰冷又肮脏的地砖上一块一块拖过，老弱而又孤伤。是啊，一个发苍苍、齿摇摇的旧式老人，怎么经得

起女儿一而再的“感情历险”？

忆往昔，全是岁月支离的鳞鳞碎片，庐隐心里翻江倒海，泪珠从眼角沁出。她没料到母亲会用离开的决绝，表达对自己婚事的反对，她没有备好膏丸丹散来纾解母亲的疼痛。

早几年，庐隐与表亲林鸿俊暗自交往，母亲和舅舅嫌弃林鸿俊家贫学浅，一致摇头否决，庐隐却态度坚决地说：“我情愿嫁给他，将来命运如何，我都愿承受。”母亲拗不过庐隐，只好拿出两千大洋暗暗资助林鸿俊读书，并声明他们的婚期延后至双方学业结束。可如今，眼看林鸿俊学成归来，庐隐却又“自甘悔婚”。更令人意料不到的是，第一代女大学生、小有名气的作家竟“自甘下贱”，嫁人作妾。母亲受不了亲戚的冷嘲、乡邻的热讽，感觉背后目光如芒，羞愤得“脸伏到牛屎堆”。

怀乡或隐居，对于惊弓之鸟般的母亲，是最好的逃遁。然而，躲过了流言蜚语，却躲不过三灾两病。母亲坠入了无底的深渊。等庐隐赶到福州时，母亲已断气，一句临终的话都没搭上。庐隐迸出了深藏的眼泪，可母亲已读不到女儿这片痛疚的海洋了。

世间真有因果报应吗？小时候，庐隐尝尽母亲的虐；长大了，母亲受够庐隐的气。都说生活是一场抬杠，你要怎样，我偏不怎样。胎盘连系的两个人彼此相爱相杀，至此，曲终人散、各自结局，一笔勾销、互不亏欠。

母亲亡故，胞兄胞妹却把账算在庐隐头上，恶言相向，有的甚至愤而绝交。复归于单枪匹马的庐隐，等不及，准确地说是等不来郭梦良离婚，1923年他俩便在上海远东旅行社以“同室”的名义草草结婚。这一惊世骇俗之举，像巨石投入深湖，在文坛激起层层涟漪，一时引发街谈巷议。

然而，勇气修炼出的爱情，是肉身的金钟罩，所有的流言蜚语在这铜墙铁壁面前，纷纷跌落在地。

华灯璀璨的上海，轰轰烈烈的未来，有他们的欲望和虹彩。

3

无人按辔并行的日子，对于凭借文字与灵魂对话的作家来说，只能依靠灯下读书写字，度过那荏苒而狭长的夜晚。

爱情的道路，总离人间天堂最近。新婚燕尔的庐隐，缱绻催生着才情，幸福点醒了文思，在1925年夏木阴阴的7月，出版了人生第一部短篇小说集《海滨故人》。

这部小说集带着强烈的自传色彩，里面多个主人公均可在她的朋友圈对号入座。

造化向来作弄人，意外从不选对象。庐隐写作上斩获的

欣喜尚未淡去，4个月后郭梦良却肠病不治，撇下两年多的婚姻生活及他们爱情的结晶——襁褓中的女儿“薇萱”，独自“远去”了。郭梦良临终前，曾与庐隐商议女儿的名字：“薇萱”取“唯萱”（唯有母亲）之意。可对庐隐来说，女儿尚有母亲，自己却失了母亲、丢了丈夫、散了兄妹，只能拥衾自暖了。

爱情最深重的悲凉，莫过于情深缘浅，还未倾尽芳华，便已零落一地苍白的思念。

庐隐不记得自己是如何把泪水默默咽到肚子里的，只记得随同丈夫亡命天涯的，是她平静的日常、平稳的呼吸、她的才艺、她的安眠，以及对生活的全部热望。

庐隐不记得自己是如何舟车辗转把丈夫灵柩送回福州的，只记得内心不停呼唤——丈夫的魂灵一定要回到他兹兹在念的故乡。

可是，婆婆对庐隐极不待见，潜意识里她认定庐隐克死了自己的儿子。白发人送黑发人而无处发泄的悲恸，这下终于找到了活靶子了。婆婆处处设障，百般刁难，“晚饭后夜间不许点灯耗油……不准与婢女佣人辈闲话”，每一个“不”字都如寒光凛冽的刀锋，在庐隐心头划过来抹过去，以致伤痕累累。

当我所乘的轮船才至故乡的海岸时，已经给我一个可怕的暗示——一片寒光，深笼碧水，四顾不禁毛发为之悚栗，满不是我意想中足以和暖我战惧灵魂的故乡……

无人按辔并行的日子，对于凭借文字与灵魂对话的作家来说，只能依靠灯下读书写字，度过那荏苒而狭长的夜晚。然而，婆家不许她点灯夜读，无疑使庐隐的生活陷入“极人世之黯淡”。

就在庐隐几近耗成黑灰暗火的时候，命运之神向她慷慨招手。那是来年的春天，经人推荐，庐隐在福州女子师范学校谋得饭碗。从福州东街郭家开设的纸坊（前店后宅）出发，到学校上课，晴天时路过一排又一排高高的线面架，庐隐恍觉日子如同垂挂的线面，柔韧绵长。

一城花雨，半帘明月，可是，窗外再好的景致，也抵不过屋檐下的冷眼。婆婆的脸色阴云不散，一如江南的天气，即便换了向暖的时令，丝丝寒凉仍在骨缝间窜动。这份阴沉渗入庐隐生活——那是她抹不掉的人生底子，遍布透骨的苍凉。

幸好，面对生命中打成死结的困局，她执拗的性格又横刀立马地站出来挺她——她保留着反抗叛逃的勇气，没让这唯一的利器锈蚀。暑假一来临，庐隐便迅速逃出人群，飞向鼓岭。清冽冽的云雾，是她生命的氧气，吐纳间静静沁入肺腑，拨开了人生的迷雾。

夕阳西下时分，总有如泣如诉的牧笛自牛背升腾扩散。在山光水色的淘洗间，庐隐已然是这一曲婉转的笛音，哀而不伤，怨而不怒。

> 两个月之中我得到比较清闲绝俗的生活，因为那时我离开充满了浊气的城市，而到绝高的山岭上，那里住着质朴的乡民和天真的牧童，不时倒骑牛背，横吹短笛。况且我住房的前后都满植苍松翠柏，微风穿林，涛声若歌……我往往想，如果我能终老于此，可算是人间第一幸福人了。

庐隐在鼓岭安安心心住了将近俩月，居住的山野是清凉的，觅得的晨昏却是温暖的。华美的文字像山间清泉淙淙流淌，她创作了“怀疑都市文明”转型之作——《房东》。学者认为这部《房东》是庐隐从写个人、亲友的狭窄题材转向宽广的社会题材的一个标志，一如高高耸立的鼓山。

鼓岭悠游的轻雾裹着庐隐，而庐隐心湖上漫起的溟蒙雾气却裹着另一个人。绵绵的思念之情促成了庐隐对郭梦良遗稿的整理，“一页一页地抄写着，不由得心凄目眩”，泪水不时滑落纸间，陈旧的笔墨洇成素色的菊花，却又像是圆满的句号——对鼓岭、对那个急转弯的暑期、对天堂里的丈夫、对自己芜杂的内心，庐隐都有了足够的交代。

竹杖，芒鞋，长风，征马。心在江湖行走的人，终究不肯轻易停下脚步。庐隐并未“终老于此”，与鼓岭独对几十个日夜后，坐着轿子下山了，晃晃悠悠洒下一径离歌。

真仿佛离别恋人的滋味一样呢，一步一回头。

尔后，她匆匆赶赴人生的下一站——上海。

沧海桑田，悲欢错落，此次的靠近，充满哀切的情味，远方那座灯火迷离的城市，已不再有丈夫的倚门盼归，只剩下丈夫逐渐淡逝的气息和记忆。

4

在那消毒水味弥漫的世界，她的对话者是眼泪，是沉默，是形单影只，是渺不可知的未来，是握不住世间任何一样美好的无奈。

福州到上海，此一去，路漫漫，心茫茫。她一骑尘飞扬，又一地琉璃碎。

庐隐左手牵着女儿薇萱，右手挽着沉重的行李。头顶是望不尽的灰云，行囊塞满鼓岭的潮雾松声。

女儿的咿呀学语、天真烂漫，总是让庐隐忍不住回溯从前，她也曾有过这般的年岁，但可惜，未曾拥有女儿这般

的率性活泼。往事是如此不堪回首，偏偏又在愁肠人的心头缠绕——年少的回忆啊，如同月深日久的核桃手串，上面缀满了粗糙无比的纹理，每一道，都是泪水的凝痕、伤口的结痂。

痛到深处，便不再痛了，也不再怕了。庐隐在自传中，一再揭开沉睡的疮疤，血影斑斑：

> 我对于我的童年，回忆起来，只有可笑和叹息。
> 没有爱，没有希望，只有怨恨。
> …………

那是扭曲、旋转而模糊的图像，草垛一般杂乱堆积，缠绕成解不开的人生结扣。

时光回到1898年的5月4日，庐隐出生了，嘹亮的啼哭应和着闽江的叠叠涛声。那是黄家在连生了三个儿子之后冀盼了多时的女婴。可是，小精灵的降生并没有带来无边的喜庆，相反地，那初生的长调里熔铸着泪水、死亡、挽幛。一时间，哭嚎混合着哭嚎，暗影交织着暗影。

因为，庐隐出生那天，外婆撒手人寰，庐隐母亲的心底扫过巨大的阴影，如同暮色笼罩着大地，久久没能迎来光明。从那一刻起，母亲便视庐隐为命硬的“不祥之物”，厌嫌至极。

偏偏庐隐爱哭，哭起来又是一副撕心裂肺、天塌地陷的模样。躁烈的性子、躁烈的哭声，常搅得家里躁烈不安。她桀骜不驯的脾性，总会点燃母亲的怒火，免不了遭受一顿毒打。哥哥们倒是怜爱妹妹，拖着母亲的衣角嘤嘤求饶。

及至庐隐两岁，上天似乎要通过特定的方式把庐隐推向家人关注的中心，那时，她全身起了疮疥，星星点点，才好了一个，又添上一处，痛痒难耐。然而，凄厉的长嚎之后，回应的不是家人的温温安抚，而是冷冷旁观。

> 还是奶妈看着我可怜，同我母亲商议，把我带到她家里去养，如果能好呢，就送回来，死了呢，那也就算了，母亲听了这个提议，竟毫不踌躇地答应了。

吃着糠菜稀粥，看着鸡飞犬走，听着风鸣水响，枕着月色帆影，庐隐在乡下居然渐渐康复和长大。只不过，大难不死，后福未知。

庐隐6岁时，父亲突患心脏病辞世。百般无奈之下，母亲领着5个孩子水陆兼程北上投靠胞弟，从此惨儿寡母过着寄人篱下的生活。当时，庐隐的舅父力均任农工商部侍郎兼太医院御医，有一个体面的花园大宅。孩童笑闹喧喧，鸽哨不时自天井脆利划过……可是，这一切崭新的光景与庐隐无关。

她拥有的，只是一个被无端隔离的世界。

白天，庐隐不能与兄弟姊妹同窗共学；晚上，只能睡在女仆的房间。每逢舅舅家有喜事，母亲就把她锁进屋里。不让她端茶倒水、迎宾送客也罢，连在一旁观望的机会也被彻底剥夺——母亲认定她会在宾客面前“丢人现眼”，用一把锈锁将她与喜笑颜开的人群隔开。她成了一座孤岛。

世上最薄凉的莫过于亲人的冷漠鄙视，这是精神上的遗弃。可是，不识文字的母亲哪里明晓其中的利害呢？她从未考虑过屋子的黑暗，将在幼女心上变成黑洞。

漫天袭地的黑暗从屋角涌起，袭向庐隐，又似乎有无穷无尽的黑暗，从庐隐惊恐的眼神中散流出来。黑暗的重量，以万钧之势压向她，她无处可躲，唯一的武器，是比黑暗更黑暗——她甚至想到了轻生。而且，这无望的想法，不止一回。

姨妈力婉轩支配着庐隐的日常学习，在填鸭式灌输“女四书”后，便将庐隐反锁于小房背诵。这对于顽皮的庐隐来说，如入大狱。她扒开门缝、抠破纸窗往外探瞧，看着兄弟姊妹打闹嬉戏乐作一团，羡慕又失落。她只能独自一人看天，看云，看热闹，看季节扫过的晴光暗影。

庐隐功课荒疏得一塌糊涂，被贴上了“孺子不可教”的

标签，缺乏专业素质和耐性的姨妈，在严厉之外未把关怀一并带上，不是训斥就是打罚，戒尺打手心、断饭、禁闭小黑屋……事后，姨妈还不忘落井下石，在庐隐母亲面前火上浇油，惹来母亲变本加厉的二度惩罚。每天，这一幕几乎重复上演，渲染出庐隐童年的风雨跌宕。

纤弱敏感的庐隐，没有抵抗，从来没有，那种语言和动作，她不敢也不会。眼窝贮满了泪水，死活不让它漾出来，生怕摔落一地的伤悲。

渐渐地，沉默的庐隐成为家里的另类，成为累赘和笑柄。9岁时，她懵懵懂懂地被送到教会办的北京慕贞女子学院住读。之所以有机会进校读书，全是因为学校“免费”。

可是，这轻轻的一转身，不是星河入梦，而是苦海坠深。

为了能够顺利入学，舅妈刻意虚报她的年龄，学校里的孩子均比她年岁大，且多数劣习斑斑，庐隐受同学欺侮是家常便饭。面对这些伤害，除了离开，别无他途。但不能自我作主的庐隐能逃到哪呢?

有一次，拎着满满一桶水上楼，扭伤了左脚，卑怯的她只能躲在被子里捂嘴暗哭，拖到第二天去医院检查，伤情恶化到要做手术的地步。由于长期体虚，康愈缓慢，化脓长疮，终日拄拐。好不容易等到伤口结痂愈合，肺管却莫名其妙破裂，吐血不止，在医院一躺又是半年。

在那消毒水味弥漫的世界，她的对话者是眼泪，是沉默，是形单影只，是渺不可知的未来，是握不住世间任何一样美好的无奈。

看着纱影摇窗、月洒床前，病榻之上的庐隐偶尔想起自己古怪暴躁的父亲黄宝瑛。父亲入土数年，影像逐渐模糊成毛边纸了，庐隐唯一记得的是父亲在赴任湖南长沙知县时曾带着她，她带着哭。在与几位同僚商议公事时，父亲被她的哭声吵得急火攻心，一气之下，竟要将她抛江淹溺，幸亏随从迎面而来撞了个满怀，才留得小命一条——记忆是多么枯索而又血腥啊，每每想起，都似一杯冰水，没有温度，融化后，一滴一滴全是泪。

相比于其他孩子嫩枝鲜蕊的童真岁月，庐隐童年的阴影刺痛，大概要靠一生来治疗。如果要用一种植物形容庐隐，“野草”似乎妥帖。她和野草有着相似的生命语境：生长在荒郊瘠地，听任雪打霜欺，遍体鳞伤。

隔着时间的深渊，我们真不知该哀叹人心的狠硬无情，还是该怜悯庐隐曾经的凄惶无助。

5

风狂雨骤也好，花柔柳摆也罢，岁月终究是一只面向春天的蜂箱，暗格里有无数意外而又甜蜜的馈赠。

人这洪流一生，时刻都有东西失去或得到，时间、岁月、磨难、幸福，都可能扮演着破坏者或成全者的角色。

庐隐13岁时，时间的分野竟从天突降。她感觉被一束光兀然照亮，彻底与愚弱进行切割，在醒悟中向上，向前，向梦想，向远方，向着无限的可能，一路狂奔……

在大哥的鼓励和辅导下，庐隐久蚌成珠，以全班最小

的年龄考上公费的北京女子师范学校预科班。家人以为她撒谎，冷眉嗤笑，直到她搬着行李去报到，才惊讶地竖起吝啬的大拇指。

因为我自己奋斗的结果，到底打破了我童年的厄运。

最枯黄的叶子，终于迎来了最妍美的新绿。在风景如画的校园，庐隐开始迷恋小说，获封绰号“小说迷”。此后，小说成了庐隐的精神寄托，也使她的文学之梦开花粲粲、布绿徐徐。

此时的我们，无法获悉当年尘世中的细节，无从知道上苍是否曾偷偷赐予庐隐一张开往文学驿站的通行证。不过，在这已被深埋的情节中，至少提示我们：风狂雨骤也好，花柔柳摆也罢，岁月终究是一只面向春天的蜂箱，暗格里有无数意外而又甜蜜的馈赠。

步入正轨的庐隐，以血气的犁铧，深耕每一寸光阴。然而，生活永远是纷繁迷离的，谁也不能保证命运之神会一直开恩眷顾，不能预知未来一定会出落成什么模样。后来的日子，庐隐笔下有这样的记述：

回看血泪相和流……

我们狂歌，我们笑谑，我们游戏人间。

白描写景、絮语写心，既包含个人日常的写照，又集纳现实社会的映射，字里行间流露的是：灯火阑珊处的生命是如此仓促与无奈。

1927年4月28日，庐隐见恩师李大钊被军阀绞杀，冒着生命危险，与师母赵纫兰一同前往北京西交民巷京师看守所收尸。事后，她发表了慷慨激昂的《壮志长埋》《吊英雄》，借此哀悼英雄先辈的壮志碧血。

志士离开了，以流血的形式，这分明是残忍的警醒！那段时间，也是庐隐血泪相吞，最为积愤也最为勇敢的日子。

时光如水，流淌天涯。在梅花雪、梨花月以及书生气、英雄泪的交织激荡中，日历不断翻开崭新的一页，转眼又是冬去春来。时间滑到了1928年的3月3日。

朝阳冉冉的清晨，是一份希望、一个梦想，不管昨天怎样衰微低落，对于庐隐来说，这一天是从春风般的款款微笑开始的。因为就在柳絮飘飘、风筝曼舞的这一天，在福建乡友、北大教授林宰平家庭聚会中，庐隐认识了小她9岁的青年诗人、清华大学学生李唯建。

这个“口角常含微笑的忠厚青年”，仿佛是上苍送来的风筝，飘在庐隐空无一物的心穹。他瞬间爱上了庐隐，并展开疯狂攻势。他心甘情愿把自己生命的线头交给庐隐，让她牵着，拽着，扯着。

此时的庐隐，经历过订婚、解约、恋爱、结婚、生儿、丧夫、守寡、失亲等种种磨难，迎来了山重水复后的风烟俱净，对流年里的爱情有着冷静的考量。因此，一颗心左右摇摆。

最终，来来往往的68封“没有一篇，没有一句，甚至没有一个字是造作出来的”缱绻情书（后结集为《云鸥情书集》），替爱修行，在1930年5月排接成鹊桥，载渡他们跨越了年龄、容貌、才情、世俗的障碍，十指相扣地走到了一起。

命中注定的人，无论经过多少兜兜转转，都会在茫茫人海中相遇，不早一刻，不晚一步。重开心门的庐隐通透而勇敢、自惜而无畏：

> 生命是我自己的，我凭我的高兴去处置它，谁管得着。

爱情没有值与不值，只有愿与不愿。血泪浸泡出的爱情，真是生命深处的一抹春光，庸常的晨夕因此镀上华丽的金边。婚后4年，虽然历经了日本东京、杭州西子湖畔、上海愚园坊的辗转飘荡，却是庐隐一生中最为美妙的幸福时光，也是她文学创作最见丰盛的收获旺季。

愿执一颗心，直到岁月尽头；愿牵一人手，走过沧海桑田。然而，命如风中灯，不知何时灭。36岁的人生路口，一场难产索走了庐隐的生命。英年梦断，一曲长叹——短短小半生，她却体味了别人几辈子的疼痛。

陪葬的，是她殷殷血泪化成的作品，是呈现草木气象的生鲜文字，是她未尽的长歌短梦。

哀肃的仪式，象征的修辞：离是一次死，死是一场生。这个擅讲故事的女人，历经很多人生故事和那场孕产事故后，已经成为别人反复讲述的故事了……

天山万笏耸琼瑶导我西行
伴寂寥我与山灵相对笑满头
晴雪共难消

林则徐

林则徐（1785—1850），福建福州人，字少穆，谥文忠。

清朝后期重要的政治家、思想家、诗人，伟大的爱国者，杰出的民族英雄。官至一品，曾任江苏巡抚、两广总督等要职，两次受命为钦差大臣。因主张严禁鸦片、抵抗西方侵略、坚持维护中国主权和民族利益而深受世人敬仰。魏源评价其是近代中国『睁眼看世界第一人』。

林则徐纪念馆位于福州澳门路16号；其母陈帙世居三坊七巷文儒坊19号。林则徐为沈葆桢舅父兼岳父。

一副联·人生的旗幡

1

历尽生死沉浮，归乡，仍是根植于心的念念不忘。遥远的故乡隔着万水千山，隔着寒光残梦，怎么也看不见了，那就向着朝思暮想的方向躬身作揖。喃喃，都是密语。

风萧萧，云荡荡，几点鸥鸟在白浪里翻飞，溅起啼声一片……

西去的孤篷上，林则徐伫立船头，宽袍大氅翛然晃动。水天交接之间，他的身影显得那般孤倔和落寞，片刻便淹没于烈烈长风。

他正启程发配伊犁戍边，浙江镇海前线爱戴他的将士和百姓前来送行。人群挥手间的泣号，像水一样波漾开来，弥天漫地……1841年7月的一天，定格了这一幕。

林则徐抬头仰面，高天上的流云构成了乡愁的布景。稍远处，繁华错落的街衢楼宇，影影绰绰，宛如林则徐一段段从前。

历尽生死沉浮，归乡，仍是根植于心的念念不忘。遥远的故乡隔着万水千山，隔着寒光残梦，怎么也看不见了，那就向着朝思暮想的方向躬身作揖。喃喃，都是密语。

前方是大漠边关、孤星冷月，以及看得到头的匆促余生，后边是兵荒马乱、烽火狼烟，以及望不到尾的家国乱局。橹桨一声声摇荡着林则徐的思虑：个人的归宿末路不值一提，可是国家的出路在哪里？

路过镇江，林则徐巧遇深交多年的魏源。两个以家国为念、同声共气的忠臣良将，在不期然的久别重逢里，除了惊喜，更生契洽。如同光与光，在黑暗里遇见，灼灼在通往时代的路口。

清酒要喝，心事要诉，在离歌轻唱的那一刻，要紧事不能也不会忘记——在双手叠握中，林则徐将苦心搜集的异国信息和翻译编纂的《四洲志》手稿郑重交托魏源，嘱请他撰写《海国图志》，以此启发君心民志。

他的忧思，他的急切，他情系苍生的襟抱，他坚不可摧的壮志，在江南的夏花映月里，完成了可靠的传递。或者说，两者肩上的担当，在肝胆相照中默默聚拢，融合成一。

9月，船行至扬州。道光帝的谕旨又踏马飞来了：着免去林则徐遣戍伊犁，先行发往东河效力。

时常闹脾气的黄河，这次在河南开封祥符撕开了口子。金盔铁甲的怒潮冲决城墙，一路咆哮。灾情震动了朝廷，大学士、军机大臣王鼎临危受命主持治水。出征之前，王鼎头脑里闪过一个人，这个人便是林则徐。他以林则徐治河有方为由，上奏举荐其襄办河工，道光帝准奏。

林则徐马不停蹄地赶往浊浪滔天的灾区，一踏上祥符便不顾路远身疲，与王鼎连夜共商治河方略。那份心切与担当，蕴含知遇之恩的感激，也带着悲天悯人的情味——谁忍心眼睁睁看着洪水淹没人们的家园和梦想？

洪水比它们表现的更诡异，英雄比自己想象的更勇敢。

国运迍邅，彼时的山河人间，已不再河清海晏，鱼肉百姓者有之，腐化堕落者有之，贪图治河款的官员更是俯拾皆是。林则徐是为数不多的清流，初心在依，督工不苟，让每一两银子成为河坝的砖土，无形中斩断了不少人的横财路。

世人最会也最愿踩低捧高，他们哪管自己踩的是忠肝义胆还是狼子野心，捧的是七彩宝石还是混珠鱼目。于是，各种路数的对抗、排挤、谤毁像潮头似的，一波波向林则徐这

个戴罪之身袭来。

提刀独立的勇士，是不会顾惜生命的。脾泄、鼻衄、哮喘等恙疾算不得什么，明枪暗箭也不打紧，林则徐的双眼里，只有堵口的秫秸、堆积的料垛、合龙的大堤，只有流离失所的难民和一心期待的景象升平。

疾风虐雨中，他拖着老迈之躯奔忙于抗洪抢险一线，始终不肯向洪水投降。既然洪水不饶人，人们又何尝要饶过它呢?

一腔孤勇，吓跑了城头的白浪，却战胜不了命运的安排。大堤刚刚合龙，来不及把酒庆功，皇帝的旨意便又向他掷来了：遵前旨即行起解，发往伊犁效力赎罪。

旨意是梦魇，流放是符咒，伊犁是渊薮。朝廷重臣一朝变成戴罪之身，免不了一次次沦为被朝廷遗弃的逐臣。有什么办法呢？身在庙堂，每个人似乎都是一枚棋子，难逃在案盘上被捏来掷去的命运。何况，道光帝把很多“国难账”记在他头上，这构成一个最大的变量——皇帝远远的皱眉或稍稍的冷笑，都会在林则徐面前掀起骇浪惊涛。

临别，王鼎为林则徐送行，虽非酒朋诗侣，但他最了解林则徐的赤胆忠心。他们的交集始于1816年的江西，当时一个是学政，一个是乡试副主考，情分上的开端、工作上的配合、志向上的投洽、人格上的互尊，使他们在汤汤岁月产生了千丝万缕的延伸。

握一把离别的苍凉，已是残山剩水的两个老人，沿着河堤走了一程又一程。王鼎所有的依依不舍和愤愤不平，都化成了浸透青衫的涟涟珠泪。入画的，还有一群瑟瑟秋风。

林则徐倒很豁然，作诗相酬，“塞马未堪论得失，相公且莫涕滂沱”。一首不够，蘸着墨又写了一首。这是他的慷慨悲歌：

元老忧时鬓已霜，
吾衰亦感发苍苍。
…………
公身幸保千钧重，
宝剑还期赐尚方。

诗以言志、文以传情。握手时的惆怅，泪目中的恳切，挥笔里的郑重，委婉处的期许，表达的是烟尘往事的嗟叹、滴水之恩的酬谢，以及在风雨飘摇中收拾河山的殷殷冀望……王鼎这个故交，一听就懂。

2

有的告别，叫作诀别，并非只是舟车转身的距离，而是望着枝蔓相依的那个人背影远走，然后，此生不复相见。

谪路漫漫，驿道坎坷。前方，是赶路人自己都无法看清的命运。

舟车颠簸中，1842年5月，林则徐行抵西安。长年累月的劳碌，一路风雨的侵袭，旧疾沉疴像冬眠的蛇，在林则徐的身体内突然苏醒，并越缠越紧，他只好暂驻休养，择时而发。其间，他的夫人郑淑卿及孩子林聪彝、林拱枢也辗转前来西安团聚。他们以一路跟随取代了语言上的安慰，用相依相伴抵挡着心灵上的凄寒。

在斗转星移的光阴中，伦常的欢聚还能有多少？添丝铺锦、炊汤热菜，在高卷的竹帘下安然享用，这也许是每个人都心驰神往的日子。你看，泡在华阴老腔里的夜，悄然来了，月亮陶醉在歌吼声里……人生苦短，美满而稀珍的每一天，似乎都值得贪恋。

可是，林则徐一心谋虑着国运衰微的解药，身体稍见康愈，便又上路了。人生洞察如他一定明白：有的告别，叫作诀别，并非只是舟车转身的距离，而是望着枝蔓相依的那个人背影远走，然后，此生不复相见。

可是，他还是提前上路了。

在临别相送的节点，总免不了感情的喷发。林则徐从容不迫地口占，与其说是告白妻儿，不如说是自勉——他的爱，他的襟怀，他的热血，他的衷肠，全都酬付给莽莽河山，不给屋檐下的三尺微情预留补白的余地：

力微任重久神疲，
再竭衰庸定不支。
苟利国家生死以，
岂因祸福避趋之。
…………

笔笔分明，可以句摘；字字入典，得以遗存——这是广为传颂的励志名言。意思再明白不过了：当事关国家利益，怎能以自身荣辱得失来取舍呢？短短几行诗，似乎成了他一生的座右铭。

流水浮灯，只身万里，那长途跋涉的艰辛、尊严扫地的生活、流放寒地的苦难都不在林则徐的视野里，他满心满眼是这片疮痍大地。他把自己竖成一杆捕捉时势的天线，沿途向友朋和官吏索求信息，紧密关注时局变化和前线战事。

镇江失守的消息传来了。他痛心疾首，心比西风更见苍凉，为壮士垂泪致哀，恨不得同他们一起战死沙场。

他给好友姚椿、王柏心写信，献上剿夷抗敌“八字要诀”：器良、技熟、胆壮、心齐。满捧珠光的建议，在乱世里，无可奈何零落风中。

朝廷向侵略者屈膝求和的消息传来了。随着中英《南京条约》的签订，领土割让沦丧，口岸被迫开放，欧风美雨即将席卷古老的中国。

…………

他忧愤无比，那深渊般的屈辱与绝望，一寸寸延伸到戍途中的残宵苦梦。

转眼间，他老了。他深爱的国也老了。

3

当人生的波折苦闷兜头而来，借取眼前的山光水色疏解，是不错的选择。一条河，一场雪，几抹远山，数片林草……足以慰风尘。

远方的雪花，犹如迎风飘摇的白色布帕。

是召唤？还是挥别？

车辚辚，马萧萧，一路向西的辙痕，划过了多少无奈与悲伤。

1842年12月，衰病相缠的林则徐，终于抵达伊犁惠远城。这个中国的西北边陲，是钦定的贬谪之地。一同被发配

的邓廷桢已先期抵达，正携数人迎候在前。两个天涯沦落人，拱手相见，有泪无声。

茫茫戈壁，飞沙走石；漠漠荒野，苦寒无边。风从地面刮过，永远是咻咻的厉叫，没完没了的雪花，一如林则徐被撕碎的心绪。

途中，遥见天山横亘在前而气雄，白雪覆顶却不老，林则徐慨然吟道："我与山灵相对笑，满头晴雪共难消。"在风吹雪打中，脱口吐出锦绣大千的诗句，或许真是心旷气豪，或许只是逆境中的一种自我勉励。转念想想，当人生的波折苦闷兜头而来，借取眼前的山光水色疏解，是不错的选择。一条河，一场雪，几抹远山，数片林草……足以慰风尘。

一路相伴的还有邸报。它们因路遥而迟滞，因真实而珍贵，如同倔强的飞鸟，拖着枯瘦的身子，越昆仑、过天山，沾满了一路的冰尘霜粒，从皇都辗转飞抵塞北的天空。到达的地方接近于穷途末路，每封信都散发着凛然赴死的味道。因此，林则徐接到信报，总是如见风雨故人，握紧了，再握紧；看一遍，又一遍。

然而，拆启一封，是苦涩，另一封，还是苦涩：

奕山、牛鉴等忠将被陆续革职查办；

国之股肱王鼎拉着皇帝龙袍，冒死谏言杀琦善以平民愤；

王鼎白死了，琦善在妥协派的运作下复出为官；

…………

愤懑的怒潮在林则徐心中涌动，一灯如豆，他失眠了，逄逄的更声是打乱了的心跳，他只能将黑暗中的思索付诸笔端。岁月嶙峋如崖，似乎只有手中的笔纸是最忠实可靠的。笔端形成的《衙斋杂录》《软尘私札》，照亮了他积郁的内心。

不久之后，邓廷桢获释入关。对于境遇相同的难兄难弟，这样的事，不用刻意比较，自有联想映射。林则徐既替老友高兴，又倍感失落。

他心有不甘却默默无言，屡被抛弃而依然热血，在朔风大漠里，爱国之心从未被冻结，奋斗之梦从未被风干，他甚至将那里当成人生又一个舞台，主动认领修建龙口水渠的任务，并书面告示：

将来竣工以后，绝对不会藉此邀功乞求放归。

内心坦坦荡荡，一如边塞宽阔裸呈的大漠。

取石、筑堤、挖沟、砌石、引水……在沙砾遍地、经年板结的河滩修一条水渠，工程之艰超乎想象。汗珠流淌在林则徐的面颊，布满了沧桑的光芒。经过4个月的鏖战，一江清流终于沿着新渠，把欢歌一直唱到阿齐乌苏，唱到数十万亩良田，唱到新疆人民的心里。

时岁的犁铧闪着白光，向前挺进。1845年，朝廷命林则徐前往南疆的阿克苏、库车、乌什等地履勘垦荒、巩固边防。这些地方“不仅从来谪臣所未到，即武臣边帅亦鲜有躬亲周历”，然而，这位60多岁的布衣老人，拖着病弱之躯，又义无反顾地踏上了艰途困旅。

面对荆棘人生，如果一个人坚持不缴械不投降，就能赤身迎向攒头万箭。

历时5月，辗转万里，林则徐勘察土地近60万亩，并向领队大臣布彦泰建议发动民众屯田固边、共御外侮。现在想来，这片土地上葡萄繁茂的枝蔓与哈密瓜的香甜，真是另一种抒情，那是乱世里最干净的翠绿和最饱满的甜蜜。

“坎儿井”，是林则徐以智慧和辛劳在大漠荒田抟制的“雕塑”。每隔丈余取井，地底横渠贯通，既减少蒸发又滋润田地。人们亲切地称它为“林公井”——物件上的良性形象和功用，总会在柔软的心灵版图上呈现出丰富的意象。

真心喜欢这样的名字。一层层坎壁，堆砌起一种烟火净暖的生活和源源不断的思念，仿若一处高耸的祭台，供奉着心中的大神。

4

踯躅于犬牙交错的光阴，脚步难免嵌顿其中，欲拔不能。显然，摆在林则徐面前的无奈是：顺着一声恳求、两行热泪，依然无从找寻恋恋故乡的归途。

冬深日渐，草木凋枯。穿越时间的长廊，转脚就踩到1845年的尾巴了。

不恤此身、不祈妄福的林则徐，三年的谪居岁月也收梢了。在风高天寒里，他迎来了获释的旨意。此刻，他已被霜雪刻画得面目苍老，面对沙漠中开出的这朵鲜花，他百感交集、感激涕零。

曾经多少次，他痴痴望着蓝空上东归的云朵，思念慢慢浮起，泪花慢慢浮起，梦想慢慢浮起……他在等待这一刻。

满怀欣喜地踏上归程，可是，关山万重，刚刚起步，皇帝的旨意又像膏药缠贴过来。他命林则徐以三品顶戴接任陕甘总督。尽管不愿从刀剑上求功名、得荣耀，但皇令不可违，林则徐只能遵命。

他全力以赴，把当地的暴乱平肃了，到底没有辜负圣意。只是，还没松一口气，皇帝又着他接任陕西巡抚。

这一次，他又不负圣望，把来势汹汹的“刀客”之乱镇压下去，似乎拼了老命，用尽了最后的力气。呼吸，难以翕合心跳，林则徐深感自己老迈无用了，多次奏请解甲归田，以此预设一个晚年的出口。然而，心硬肠冷的皇帝不仅不依，反倒给他压了一副更沉重的担子——着遣他担任云贵总督。

踯躅于犬牙交错的光阴，脚步难免嵌顿其中，欲拔不能。显然，摆在林则徐面前的无奈是：顺着一声恳求、两行热泪，依然无从找寻恋恋故乡的归途。

他如一匹疲惫衰败的老马，驱驰在国家需要他的每一寸土地，紧要时，危难时，无计可施时，皇帝总是如此一厢情愿地想起他。抑或说，那种不可预测、无从抗拒的无常感，总是鬼魅般抵临，肆意制造血淋淋的故事——在一切钦定的仪式背后，是林则徐和家人多舛的命运和悬而未决的结局。

跟随他东奔西走的妻子，那么贤淑、那么聪慧、那么旷达，却又那样艰辛、那样苦郁、那样隐忍，以至于过早死在了昆明。撒手的时候，正是隆冬季节，天地凝白，日夜深寒，但更寒冷的是林则徐的心。

夫妻间跨越血脉的深情，曾在深巷处相逢，再从生死不离的拼杀中走出来，早已凝聚成生命深处缕缕不绝的心疼与眷恋。她是他的挚爱，那一刻，永失了……

最是人间留不住，且看年年花辞树。风烛残年的他知道，这满地凝白，很快也会成为自己在人世的最后颜色。

5

无论历经多少伤痛，多少荣耀，多少跌宕起伏，多少明暗交织，从不曾消解他的人性和格调。

人老了，回忆总是处于激活状态。越是兵荒马乱的世道，越是明明灭灭的时光，越是抵不住往事翩翩如云。这样的回忆，又总是以童年为楔子，从故乡那端切入的。

林则徐忆起山中有城、城中有山的福州，忆起遥相对望的乌白双塔，忆起回不去的年少时光。忆起那里夏风蒸腾，知了的鸣叫绷成一条直线；忆起左营司巷中冠盖如云的榕树下子弹般迸射出的方言；忆起市桥静静的灯火……

父亲是穷秀才，靠私塾教书维持生计，“家无一尺之地、半亩之田”，但不穷缺的是腹中诗书。物质上的贫穷不会阻断才华的承袭，幼年时林则徐便吟出：海到无边天作岸，山登绝顶我为峰。构思颖妙的14个字里，全是俯仰天地的壮阔与自信，令人刮目相看。后来，这个未被柴米挫了锐气的少年，在13岁的年纪即中秀才，20岁高中举人。

如果从求仕之路看，似乎也没什么新鲜情节。书生三更灯火五更鸡，伯乐慧眼识得千里马，无非是实力加运气罢了。关键是，在林则徐入仕之后，他是否对得起那个位置。这是时间的命题，亦是人心的诘问。

好吧，顺着这样的问号，把镜头摇移到他出任两广总督的横切面，府衙的木柱上高悬一副自题厅堂联：

海纳百川有容乃大
壁立千仞无欲则刚

抬眼即见，决眦入心，林则徐时刻以此规整自己、塑造品性。以联自勉，虽落入俗套，却是一次婉转而又清晰的告白，它发生在林则徐身上，也是刺向世界的武器，包含宦海沉浮中的一份坚守、几许慰藉。

彼时，烟雾缭绕中华大地，满街病夫无力游走，古老广袤的中国被大烟枪越抽越瘦。这是一个危机四伏的时刻！

大厦将倾的时局、百姓真切的呼声、肩上担着的职责推动着林则徐，林则徐推动着这段历史——查禁鸦片。

在风口浪尖的他立下誓言，不求退路：

> 若鸦片一日不绝，本大人一日不回，誓与此事相始终，断无中止之理。

正义或邪恶，公心或私利，抗争或求和，清醒或本能……这背后的深渊与动荡，足以映现力挽民族于狂澜的艰难困苦。这是一场战斗，需要裹革而归的坚定无畏。

心里有光，何惧风霜。他深入一线，摸清鸦片毒情，查找各家烟馆，会同邓廷桢等传讯十三行洋商，责令转交谕帖，命外国鸦片贩子限期缴烟，并具结保证今后永不夹带鸦片……在旷日持久的较量中，对方最终败下阵来，缴交鸦片近2万箱。

自1839年6月3日起，涛飞浪涌的虎门海滩当众销毁鸦片，由于鸦片数量巨大，持续时间长达近一月。一口口巨池，沸腾着中国人民愤怒的心波；一阵阵海风，卷起了神州大地久违的呐喊。

鸦片掀起的恶浪，在历史深处拍出了深深的伤口。

这样的伤痛警醒我们：历史的悲剧绝不能重演。现今，这副对联依然醒目地悬挂在林则徐纪念馆的厅柱之上，时刻敲打着世人，也激励着世人。

高挂这副对联的林则徐纪念馆，像一枚厚重的印章，端放在三坊七巷百米之遥的地方。方正的院子，规矩的格局，黑色的瓦片，赭红的墙面，描蓝的门楣，雕花的木窗……一派古朴方端的模样。更珍贵的是，它丰饶感人的历史，足以让一拨拨游人在眼中浮起晶亮的泪光。

驻足品读含蕴丰赡的对联，仿佛面对暗夜中的烛火，眼前倏然映现赶路人的匆匆身影：少年中举、封官加爵、查禁鸦片、抗击外侵、镇守前线、流放边关……荣耀与苦难交织伴随林则徐一生。

面对国破春残，他叹；

面对权奸佞臣，他恨；

面对报国无门，他痛；

面对妻离子散，他悲；

面对家徒四壁，他忍；

…………

在时间轴上审视，“历官14省，统兵40万”的林则徐，无论历经多少伤痛，多少荣耀，多少跌宕起伏，多少明暗交织，从不曾消解他的人性和格调。

一些人物的伟大，正是靠信仰和磨难成全的。简短的楹联，励志得很。一声吟诵，还原了林则徐的一生：不堕志，不恤命，不虑穷匮，不辱雄名。

光阴辽阔，宛如潮涌汐生的江河，阅尽千帆，总有星火相伴。透过这副与林则徐骨血相渗的联句，我们看见的，是一个身影在人群中的逆行，是那个时代最明亮的底色，是穿透天下士子之心的一枝响箭……

世变天心意不平筹帷终夜
待扶舆九重宵旰抚群盗三庭
经纶羡钜卿

沈葆楨

沈葆桢（1820—1879），福建福州人，原名沈振宗，字幼丹，谥文肃。

晚清『同治中兴』时洋务运动的重臣之一，中国近代造船、航运、海军建设事业的奠基人之一，政治家、军事家、外交家、民族英雄。曾先后任总理船政大臣及南洋通商大臣，主持福建船政，培养了大批近代各领域人才，被誉为『中国船政之父』。末代帝师陈宝琛评价：『吾闽百年来，名臣最著者数侯官林文忠、沈文肃二公。』林文忠即林则徐，沈文肃即沈葆桢。

故居在三坊七巷宫巷26号。沈葆桢为林则徐的外甥兼女婿。

一点墨·心像的歌吟

1

总有一些隐情，笔端深深懂得。沈葆桢将墨汁和意象一齐搬进日子，无非是借此强化丁忧的无忧。你看，那宣纸上的留白，处处空寂，却又各各无限。

潮润的江风，顺着宫巷潜入沈府。院里，爬过马鞍墙的榕枝滑落几声鸟鸣，婉转如古诗；陶缸中的芰荷，在午后的阳光里，安然打盹……

沈葆桢宽衣曲袖，提起一支狼毫，蘸着墨，腕间忽忽生风，打破了府邸梦境般的宁静。龙飞凤舞的墨迹，仿佛与主人一样，也脱了官袍官靴，撒开双腿在纸面上奔飞疾走，自由不羁。顿笔处，惊飞了流云。

这是沈葆桢丁忧在家的时光碎片。时间指向1866年的一个寻常日子。总有一些隐情，笔端深深懂得。沈葆桢将墨汁和意象一齐搬进日子，无非是借此强化丁忧的无忧。你看，那宣纸上的留白，处处空寂，却又各各无限。

突然，一匹高头大马嗒嗒而来。左宗棠翻身下马，大步流星地迈入院子。他之前已经来过两回了。历史的细节在光阴流转中走向冥迷，漫漶不清，但我想，那一刻，沈葆桢的内心必定柔软了一下——位高权重的制台大人三顾茅庐的态度、恳切交谈的样子、郑重托付的目光就那样真实地摆在他面前时，终究是感人的。

拒绝？接受？两个对立的想法在沈葆桢心中撕扯，一会儿和解，一会儿掐架，把素来杀伐果决的他弄得茶饭不思。

最后，沈葆桢还是应允了。像他这样一个眼冷似灰、心静如水之人，之所以接过左宗棠造船大业的权杖，并非因为官阶的诱惑，而是左宗棠谦逊的姿态和信任的眼神，在他面前划出一道迷人的光束。他的心被焐热了：与其仰望那道光，不如跟随或并肩。

接办之人，能久于其事，然后一气贯注，众志定而成功可期，亦研求深而事理愈熟悉。此唯沈公而已。

“此唯沈公而已”，一锤定音。

不可替代，当然也不会被辜负。

能力上认同、感情上信赖、生活上关心、拳脚施展上给予空间，以及被敬佩、被依靠……左宗棠做足了一个引路人的表率。更让人感动的是，早在沈葆桢出山赴任之前，左宗棠便默不作声地为其绸缪与布阵——

要人给人，调福建补用道员胡光墉（胡雪岩）、布政使周开锡到船政局，由日意格、德克碑招募外国工匠数十人；

要权给权，总理船政大臣，不必经过督抚衙门可专折奏事，船厂正副监督须遵谕示照办；

要钱给钱，70万两白银已到账，常年经费月拨5万两白银，不足部分可由厘金中抽取；

…………

所涉皆为荦荦大端，浮言谬议在所难免，不过，急公好义之人，从来不在乎个人私利、外在谤誉，关注的只是江山社稷、天下苍生、民族大义、千秋功业。

接着，朝廷的谕旨箭镞般飞驶而来，生怕沈葆桢反悔的样子，以书面形式再三严令：“不准固辞”“不可稍有延误”。

仓促而又郑重的任命，让沈葆桢一夜之间多出船政大臣、通商大臣的头衔，并牵带出各种各样的责任和事务。脱掉丧服的沈葆桢在拜会了地方的诸位官员后，搭乘轮船，沿

着闽江，画了一条长达十余公里的优美曲线。这条曲线的终点最终落在了罗星塔下的“马尾港”上。

既然准备长久介入，自当拼死驱驰。沈葆桢伫立在马限山巅放眼凝望，只见榕青荔红，深浅高低，缓缓地向远处翻卷，马江在山脚接替它们一路奔腾向前，排宕成船政局的恢宏背景。

这是远东最大的造船厂，这里制造出来的飞机、轮船、兵舰以及培养的海军人才，即将从此处走向更远的远方。想到这些，江海雄风在沈葆桢胸中激荡成万丈豪情：

以一篑为始基，从古天下无难事
致九译之新法，于今中国有圣人

口中的诗，心里的梦。这平平仄仄的文字，是一种喁喁独语：事业与名利，尊严与信仰，再多的艰难，再大的苦痛，即使万丈深渊、万事茫茫，也必须做下去。因为，一篑为基的梦想、一以贯之的努力，关乎国家的力量乃至生死存亡。

黄 巷

2

想着他堂堂一介官员，纡尊降贵地跃入俗尘、四处化缘，那赤子的情怀，那奔波的足迹，那落拓的背影，看上去很倔强，仿佛一棵弯松，令人轻轻泪流。

山长水远，世事沧桑。接旨上任时，虽已做足了准备，但其中的艰难险阻远超预期。那是另一个江湖，是江湖就有故事，就有爱恨情仇和刀光剑影，只是沈葆桢无法预知即将投入怎样的血腥和挣扎。

船政正职监督日意格曾是法国海军军长，他动用资源，帮忙从国外购置了器械、招募了技工，然而从法国启程至马尾本来只需两个月的行程，却因重重阻挠历时半年。如此折腾损耗，几万里的风涛，早已吹凉了国内装配新世界的热血。

环睹世界，个个虎视眈眈，纷纷摩拳擦掌。纵目国内，守旧势力的反对和弹击一直未停歇，守旧派的人员来自各个阶层，包括王侯公卿、封疆大吏、缙绅豪门……各股力量像龙卷风般狂飙突起、南北夹击。

这些都不算什么，更令人头痛的是来自船政内部的倾轧。总督吴棠以权压人，葛藤不断，屡对船政使阴招、下黑手。他指使手下四处张贴大字报诽谤周开锡、叶文澜等，企图铲除沈葆桢的左膀右臂，并一再以莫须有的罪名大告御状，使得沈葆桢不得不从大局出发，上奏辩诬。汲汲于自强之道的沈葆桢，镇得住凶波恶浪，却躲不过阴风暗雨。

面对纷争扰攘，难免身心俱疲。后人见到的沈葆桢的照片，通常是那戴翎帽着官服、半侧圆脸、嘴巴紧合、凝视前方、一副冷峻忧思的表情和心事浩茫的样子。那时的他刚刚结束船政大臣的使命，赴台履新办理海防。满面愁容，似乎凝结着船政时期太多的艰难困苦，故而无法舒展嘴唇挤出微笑，哪怕浅浅的一丝。

沈葆桢在任7年，经费缺口也是贯穿始终的掣肘。想着他堂堂一介官员，纡尊降贵地跃入俗尘、四处化缘，那赤子的情怀，那奔波的足迹，那落拓的背影，看上去很倔强，仿佛一棵弯松，令人轻轻泪流。

当年，步履维艰之时，沈葆桢多半是靠闽江来纾解的。驻足江边，望着水流滚滚东去，流过高山，流过树林，流过礁石，流过屋前的榕树，并随着地势平行或降低，一直流向入海口。所有阻碍似乎都被它忽略和征服了，最终，它向前挺进的脚步，在古老大地上画下了蜿蜒起伏而又生生不息的曲线。

河流的不凡在于，即便处在毫无光亮的暗夜，即便遭遇无数弯折，依然认得前路的去向。沈葆桢就像这条河流，保持着迎难而上、愈挫愈勇的意志。他与志同道合的战友共济时艰、夕惕若厉。搞规划、筹经费、建工厂、买设备、盖楼舍、揽人才、引技术、办学堂、筑堤坝、抗台风，以及人事协调、案件断讼、官场争锋、对外斡旋……事务之繁难，不亚于沙场帷幄。他把神经绷成满张的弓弦，弹击随时袭来的障碍与疲惫。

终于，第一艘兵船“万年清”下水了，劈波斩浪地犁开了中国历史崭新的出口；

很快，“湄云”“福星”“伏波”“安澜”号兵船先后下水；

紧接着，第一艘照外国兵船仿制的巡洋舰“扬武”号横空出世……

史书及各种评价就像翻腾的浪花纷至沓来，热情而又公允地为沈葆桢的功绩唱响赞歌：

> 创自左宗棠，成于沈葆桢。
>
> 中国船政之父。
>
> 任船政7个多春秋，造船20艘。船厂从200多亩扩为600多亩，拥有包括造船、驾驶等30多个工厂，3000多工人。
>
> …………

多少血和泪，才能把斑斓的梦想照亮？他一干就是全力，一去就是经年，书写着此生未悔的慷慨悲歌。

当我在马尾船政博物馆端详“扬武”号舰模，轻抚那高张而膨曲的舰帆，曾经撞击于帆布中的江风似乎从未散去，呼呼风声就在耳畔响着……

3

借着浊酒的微漪，饮一杯月色，对着映照在墙上的影子，把平日无处可诉的话语，豪烈地喷吐，沉默地咽下。此时，一个人，便是一个完整的世界。

沈葆桢在马尾通盘操持工作，家就在不远的福州城里，骑马、坐轿、乘船、步行，有很多路径可以踏上归途。然而，为了船政的宏图伟业，他把盛年的辰光融注在机器的轰鸣声里，把家中白发双亲和童蒙稚子交给妻子林普晴。

深宵难寐时，孤零零的他披衣对窗，想着城里的妻儿老小，不免百感交集。借着浊酒的微漪，饮一杯月色，对着映

照在墙上的影子，把平日无处可诉的话语，豪烈地喷吐，沉默地咽下。此时，一个人，便是一个完整的世界。

有时，酒后微醺的沈葆桢，看着靠墙的床铺上，妻子浆洗干净的衣裳就堆叠在那里，带着阳光的味道，经由别人托转而来，放大着妻子的体贴与温暖。他眼眶湿润，他知道黎明会踩着黑夜的肩膀站起，但此刻，他只想拥有一盏烛光照他不迷离。那盏烛光就是爱人的眼睛。

他了解并深爱着妻子，他们之间并非那种掀起盖头才知对方面目的盲婚哑嫁。妻子的另一重身份，是表妹，是舅舅林则徐最疼爱的女儿，是自己的青梅竹马。

他们的结缡带着些许的传奇，留给后人无限的遐想。据说沈葆桢当年作为林则徐府中的随从，是在一个除夕夜闯过了林则徐这一关的。当时，林则徐要求沈葆桢誊写一份奏折，天寒地冻，沈葆桢靠哈手取暖，好不容易工整誊好，林则徐见后说有一句需改。沈葆桢二话不说，用僵硬的手指提笔重新誊写……林则徐暗喜，万千人海，众里寻觅，就是他了！翌日当众宣布将掌上明珠林普晴许配给他。

紫微斗数，星相命卦，都有提到“贵人”。抛开原本的亲戚关系，林则徐真正称得上是沈葆桢生命中的贵人——给了他最好的伴侣。因为，许了一个怎样的伴侣，就许了后半生一种怎样的幸福。

林普晴来自风酥雨润的福州，却因出身将门，自有虎女之风。沈葆桢任江西广信知府时，某一日，出城筹粮，便在那时，太平天国大军黑云似的压向城来。知府不在，兵卒衙吏纷纷出逃，林普晴临危不惧，率领残部冒死守城。她刺破手指血书一封，塞进竹管派人急送玉山守将饶廷选。饶廷选为之动容，毅然率部驰援。

这就是“血书求援，广信解围”的英雄佳话。沈葆桢一战成名，林普晴更是作为这出好戏的主角，被时光镌刻。

妻子的殷殷碧血，涂染了沈葆桢的顶戴。虽然沈葆桢不在意官职头衔，但必须承认，头上官帽的成色存有妻子的几分贡献。

沈葆桢犹记当年，柴门草堂的自己赴京应试，为拼凑盘资，妻子典当嫁妆，把最爱的金手镯送到当铺，换了藤手镯。这样的付出带着死心塌地，带着烈性侠气。果真，手镯完美得如同大写的句号：圆了丈夫的求仕梦，箍住了他们的爱情，紧紧缠绕了彼此的一生。

春光老去，花事阑珊，妻子52岁就辞世了。沈葆桢的敬意与悲痛，悉数栽植到挽联去了：

念此生何以酬君，幸死而有知，奉泉下翁姑，依然称意；

论全福自应先我，顾事犹未了，看床前儿女，怎不伤心。

流年寂寂，何处安放残躯？独行踽踽，谁人相挽手臂？沈葆桢万箭穿心，自此，回忆成为余生的唯一安慰了。

4

心头的故乡，成了停留于故事的某段情节或地图上东南角的一处记点，徘徊在夜梦里，痴缠在想象中，再也无力抵达。

宫巷26号，沈葆桢故居独坐亮处。斑驳的石碑，扛着光阴的重量，映衬着朱漆大门。其上是鱼鳞似的盖瓦，漫延而上的是千古一碧的天空。外围蜿蜒着马鞍墙，勾勒出高宅大院的线条和边界。

字面上，“故”约等于“旧”。这幢宅子确实太陈旧了——弥散着老时光坐在瓦檐下拨响念珠的沧桑感。

沈氏后人仍然居住宅中，这在三坊七巷众多故居中稍显独特，弥漫着人间的烟火味。当然，也正是因为日常烟火的熏燎，此处的建筑物件相比别处似乎多了些破败的痕迹。四进的院落，除了正厅悬挂的“文章华国，诗礼传家”黑金隶书抱柱联让人回味外，其余各个角落渗透的是杂乱倾圮的意味。荣华富贵的样态已踪迹渺渺，只能靠想象予以复原。

遥想当年沈葆桢以丁忧守制的名义挂冠而归，就在这个院子的西花厅开张了“一笑来”字画裱褙店。声名赫赫的巡抚当街卖字谋生，似乎有点自降身段，他还真这么做了，而且做得有滋有味。他的字碑帖结合、自成一家，凛然奇崛、风格独特，“时见长锋出挑，长枪大戟，不避锋芒，既奇趣横生又风规不离，字字谨严笔笔不苟”。他明码标价，“对联兼装潢，四百枚；团扇、折扇小楷，每柄四百枚；行书二百枚”，求者络绎，带笑而归……

后来，官至两江总督的沈葆桢在江宁效忠朝廷，由于政务冗忙，加上交通掣肘，心头的故乡，成了停留于故事的某段情节或地图上东南角的一处记点，徘徊在夜梦里，痴缠在想象中，再也无力抵达。

地域上的江宁与人生中的晚年，相互交织映带。面对湿冷的天气、殊异的饮食以及空洞的头衔、成堆的卷宗、幕僚的算计，不可避免地加速衰朽，健康和快乐也随之不知所踪。

岁月忽晚，山河已秋。他突感生命像蜡烛即将燃尽了，南望故园，潸然泪流，那个魂牵梦绕的宫巷沈府再也回不去了，“一笑来”里摆着的那张墨韵淋漓的红木案桌彻底靠不成了，只好字斟句酌地留下遗嘱：

> 我除住屋外无一亩一椽遗产，汝等须各自谋生。究竟笔墨是稳善生涯，勿嫌其淡。

或许，真是厌倦了枪林箭雨的官场生涯；又或许，切身体会到墨汁才是最好的滋养，幼弱的植株哪怕些许的沾濡都能活下来，而且活得葳蕤蓊郁，所以屏住最后一口气力，也要通过遗言的指向，让子嗣不要步其官路后尘。可喜的是，文脉随着血脉赓续，墨韵伴着诗韵扩散，沈氏后人之中，能文善书者比比皆是。

这代际间殷切的寄语和深切的追念，在墨汁中淘沥而出，于骨血中沉淀下来，已然变成沈氏家风。孙男娣女端捧着、铭记着、珍惜着，默默地在时间长河中彼此供养。

驻足沈家大院，一阵风刮过，墨香四溢……

5

远江承接高空，红砖掩映绿树，各幢建筑或近或远地间隔着距离，同时又有血管般的路径彼此连通，仿佛隔着历史，却又不至于断了追忆的线索。

古人已远，但总会留下些什么。站在马限山的顶处俯瞰，山峦江湾沉醉在杲杲秋阳里。山是低矮的山，坚硬、平缓，附生着满坡杂花碧树。以这样的高度，打量对面尖耸的罗星塔和塔下的波光云影，正好。

不知当年，沈葆桢是否也曾这样站立过。只知道，隔了汗漫时空，这里已经不是百年前的样子了。

此刻，在明丽的秋光中，船政遗址连带着的建筑、山峦以及江中徐行的舟帆，组合出天阔水远又安宁祥和的氛围。风像秋千飘摇，空气里弥散着泥土与江风汇合的清新味道，令人从鼻尖清凉到心尖。

设计考究的英国领事分馆、轮机车间、绘事院、钟楼，以沧桑姿态和异域风格坚然挺立。远江承接高空，红砖掩映绿树，各幢建筑或近或远地间隔着距离，同时又有血管般的路径彼此连通，仿佛隔着历史，却又不至于断了追忆的线索。

钟楼侧前方那株一干三杈的老榕树，独特形貌让人觉得它是遗落在寻常角落里的老人，在饱经风霜之后，冷眼坐看光阴烟花四散，不言不语，不悲不喜。

在船舶馆陈列厅，我看到了当年的图片及手稿的影印件。虽然每一张图文都缄默无声，却让人不难想象沈葆桢当年那崇高的理想、活跃的思维、壮阔的胸襟、热血的担当，是怎样在这片土地上生成、奔突、扩散和激荡的。那株一干三杈的榕树，当年沈葆桢亲自栽植时还那么幼小，在钟楼催促砥砺的声响中，它直耸向上，不欹侧、不彷徨，见证着树下来来往往的脚步及捧书而读的船政人当年耿耿的专心。

是的，一念耿耿。这个灿烂而深刻的词语，在沈葆桢身上闪着高光。

生活中，我们常用“犟”来形容性格执守之人，深想一番，在这充满泥土芬芳的语言背后，莫不是“信仰坚定、忠心耿耿”的另解，就像一匹老马，一旦扬蹄，便不会随意拐弯或停歇，终日乾乾，一步步抵达道路最远的那一端。

见小利则不成，去苟且自便之私，乃臻神妙；

取诸人以为善，体宵旰勤求之意，敢惮艰难。

这是沈葆桢心底的声音，是说给别人听的，更是说给自己的。拆开了，每一个字都很寻常，组拼后，则群星灿烂。

星光下，我们可以照明，可以取暖，可以织梦……

雨声益海更连江逝作辛
酸泪满腔一时至言从此绝
九幽孤愤孰能降

陳寶琛

陈宝琛（1848—1935），福建福州人，字伯潜，号弢庵。

官至正红旗汉军副都统、内阁弼德院顾问大臣，为毓庆宫宣统皇帝授读。后清帝逊位，陈宝琛为溥仪皇帝授读三年，备受恩宠。陈宝琛坚决反对溥仪到东北建立伪满洲国，不顾风烛残年，多次冒死赴东北劝谏，差点被日本关东军囚禁，后郁郁返回天津。病逝北京，归葬福州。

祖居三坊七巷文儒坊。

一楼书·家族的养料

1

这青青的山，这澹澹的水，这山水间萦流不息的静逸之气，竟从物质属性向精神层面延伸，最终构成陈氏家风中最为灵动的一部分。

江流抱着一块洲屿，洲屿抱着一个村落，村落抱着一群族人，族人抱着一脉书香，书香抱着一串故事……

江叫闽江，洲叫螺洲，村叫店前村。这是福州科甲第一家——陈宝琛家族的居住地。

清波江上，依然烟雨。借着记忆的舟楫回溯，陈氏一族从福州长乐陈店迁居至此，已是邈远之事了，远到此去经年，最初的线索匿藏于明代；远到遍翻青史，无从查清迁居的最初缘由。不过，择迁的初衷应是慎重美好的，当年那个叫陈广的男子举家而迁，除了安居乐业、万世祥发的祈愿外，恐怕还暗含得龙脉正势、采风水精华的企冀，不然，“百代羹墙”的伏笔从何埋下？

迁居的陈氏便是陈宝琛的祖先，他们迁徙时走过的水路，本身就像延展的省略号——时光奔腾不息，江流奔腾不息，天知道会滥觞什么故事！

挑落历史的神秘面纱，我们看到光阴的针脚在1848年10月19日的幕布上滚出了花边。这一天，一声清亮的啼哭，打破了螺洲的寂静。

陈宝琛一睁开眼，就看到了明山秀水——这片土地上最亲切的面孔。只是，刚出生的他尚无足够通达的思力领悟：这青青的山，这澹澹的水，这山水间萦流不息的静逸之气，竟从物质属性向精神层面延伸，最终构成陈氏家风中最为灵动的一部分。

千家耕读五百年
烟波为宅书为田

其实，更早之前，吴、林两家已在这片螺形的泥沙冲击洲聚族而居。他们崇文重教、代代科甲的故事借着江风广播远传，陈家祖先慕名而来。从当年的长乐陈店到闽侯螺洲，陆路连接水路，每一步都写下了“择邻而居”的情味。

因此，真正给陈家祖先开出一条新路的，并不是江流，而是这盈溢勃发的书香。

由此可以想见，那土墙矮院，那篱笆小径，那稀疏竹影，那繁密榕荫，那静静的流水小桥，那精致的雕花木窗，那飘移在石阶中的油纸伞，那攀晒在竹竿上的旧渔网，可以隔开各家炊烟、各人心事，却隔不断那弥漫的书香。琅琅书声仿佛动听的乐章，谱就了这片小小的洲屿“比户封仕”的高华气象。

我们把目光聚焦在陈氏宗祠门墙上，那“百代羹墙”四个鎏金大字，耀得门屏一派灿亮。无疑，这四个字是家风传袭的自信，也是科举胜出的秘籍。

10岁那年，陈宝琛进入家乡私塾读书。这既是美好的相遇，亦是祖宗的恩典。教授者往往是有学识和威望的本家长辈，除了老师的角色，还有亲属的身份，肩负光宗耀祖的担当，于是在教学惩戒的加持外，附加了血脉温情。这个汲汲向上的少年郎，得以在书香漫染的天地日夜趱行。

此前七个春秋，陈宝琛跟随着祖父陈景亮在陕西、山东度过，他的童年在懵懂中见快乐、于迁徙中显多彩。

祖父陈景亮是仕途中人，人生轨迹与朝廷的任命紧紧捆绑，在辞官归家前的多年宦海生涯里，他先后当过兵部郎中、陕西督粮道、云南布政使，在人生的多次迁徙中，小小的陈宝琛作为最重要的“家当”，被裹挟在舟车远行的轮痕辙印，进行了“被动式宦游”。

这为小宝琛的生命打开了一扇远眺的窗，因此，他的阅历和眼界比别人更为宽广。

当一个人于天赋和资源之外，又肯拼命地把汗水托付给韶光，岁月便注定不会冷眼观望，相应地，会为他奉上珍贵的宝藏。果不其然，1868年，刚满20岁的陈宝琛就中了进士，在家族的功名簿上记下了浓墨重彩的一笔。虽一身素袍，从此却赳赳走天下。

照此看，克己奋发是陈宝琛的开路先锋。最好的贵人，就是努力的自己。

2

不断跳跃的官阶名谓，让人无法想象他奔跑的速度。他就像一只振翮凌云的青鸟，划下的轨迹是不拐弯不停顿的直线上飚，呈现的是“山高谁为峰”的磅礴气象。

时光配衬着陈宝琛的畅快心情，一路高歌猛进。

翻开新的一年，他进入翰林院这个养才储望之所学习；又过了一年，成功通过翰林院考试，获得“修编”一职——虽是一个正七品的虚职，但“非翰林不可入阁”的体制，让所有入院任职者早早贴上了后备官员的标签。

人中龙凤的殊荣，平步青云的征兆。

前后翻阅陈宝琛的履历，早达的仕宦足以令后人望尘莫及：

25岁，任顺天乡试同考官；

26岁，任殿试收掌官；

27岁，列一等擢侍讲；

31岁，任甘肃乡试正考官；

32岁，以侍讲身份成为右春坊右庶子、武英殿提调官；

33岁，任翰林院侍讲学士；

34岁，任江西学政；

35岁，任内阁学士兼礼部侍郎；

…………

工作领域虽然停留在“教育口”，但头尾十年，几乎一年一个新头衔。不断跳跃的官阶名谓，让人无法想象他奔跑的速度。他就像一只振翮凌云的青鸟，划下的轨迹是不拐弯不停顿的直线上飏，呈现的是“山高谁为峰”的磅礴气象。

修身齐家治国平天下，是传统士绅的襟怀抱负，陈宝琛也不例外，天下之念，家国之思，聚焦发力的便是悠悠国事。

举笔不忘规谏，敢玷拾遗补阙之官。

惟有倍加淬厉，勉效涓埃，不敢视闲官为养拙之资，常思借言责为酬恩之地。

彷徨辗转而座不敢不言，不忍不言。

不敢不言，不忍不言，这是一个飞黄腾达兼感皇恩的文人急切与治国安邦发生关联的心态与表达——对于文官，能使上劲的，便是这般拿起淋漓健笔，针砭时弊、建言立功，澄清天下、致君尧舜。

1879年，先是崇厚在沙俄的威胁愚弄之下，擅自签订了丧权辱国的《交收伊犁条约》，举国哗然。本已对崇厚定罪为“斩监候”的清政府，因受不了沙俄的抗议恫吓，竟将崇厚“加恩即行开释”。对此，“目击时局，不胜愤惋”的陈宝琛坐不住了，立即递上《请责枢臣迟延贻误折》，从“犹可以存国体，系人心于万一”的大局出发，痛陈是非利弊：

欲战无兵，欲和无策，改约与否尚无把握，徒先自坏国纪而隳人心，耻辱四夷，蒙讥万世……

量与处分，责令戴罪自赎，亟图补救……

利刃过处，必脓疮暴露，咎有攸归，亦引火烧身。陈宝琛深知，直率放言的自己时时踩在刀尖之上，终有一天会皮开肉绽、血流如注。然而，大义凛然的他不惧不忧，依旧保持“明知山有虎、偏向虎山行”的勇决无畏。

在皇权至上的社会，荒唐之事仿佛春天的野草，一茬一茬冒出来。1880年，对“庚辰午门案”慈禧偏袒太监一事，陈宝琛又连上《请申明门禁折》《密请懿旨特宽午门兵丁罪名片》力诤，“附子请勿入药”的委婉陈辞，蕴含以退为进、谏之以理的策略，迫使慈禧改变初衷。

《铸造铁路以图自强折》虽由李鸿章设想提议、刘铭传上奏给朝廷，背后的执笔者是陈宝琛。他起笔千钧，雷厉纸面，以一片赤子之心挥斥方遒。

> 铁路之利于漕务，赈商务、矿物、厘梢、行旅者，不可肆述。而于用兵尤不可缓……若铁路告成，则声势联络，血脉贯通，裁兵节饷，并成劲旅。防边防海，转运枪炮，朝发夕至……十八省合为一气，一兵可抵十数兵之用。

在此不惜笔墨大段引文，实因折子独具分量，有开碑裂石之功力。它在远见卓识间充满家国情怀，在陈情说理间闪现机锋睿智。

然而，折子引发晚清高层官员大规模论战：以李鸿章为首的洋务派极力支持；保守派则以一套歪理邪说坚决反对，认为修铁路既会断了祖宗龙脉，也会拖垮国力财力；骑墙派则如茅草左右观风摇摆……最终慈禧太后站在了保守派一边，放弃修建铁路。折子的利箭就此拦腰折断。

崖岸自高的陈宝琛，还写出了《论东三省台湾宜慎简贤能折》《请缓定东陵永远奉安折》《请明功罪以示劝惩折》《条陈讲求洋务六事折》《请收回琦善专祠成命片》……“往往不交部议，即蒙饬令迅办”。

言事不避权贵，论理重在就事，陈宝琛同张之洞、张佩纶、宝廷被誉为“枢廷四谏”，成为一股清流。陈宝琛的学生陈三立曾赠诗恩师“早彰风节动宫闱”，显然是赞颂其“批鳞”之举。

光明的背面，往往是层层叠叠的阴影。谏言无疑是一次又一次的冒险，多年累积的结果，不但使陈宝琛成了奸佞宵小的克星，同时也为他黄金时代的急剧转折埋下了灰线暗索。

3

水路，铁路，这是两条不同频率和弧度的线条。它们交织出的画面，让我们看到了一个老人徘徊在美梦前的殷殷热血和惘惘感伤。

晚清政局波谲云诡，清流一派在甲申中法战争的余烟中，几乎全军覆没。陈宝琛因“保举失察”被直降五级。革职背后，显然夹杂着慈禧关闭言路的想法。

鱼那么信任水，最后还是被水煮了。陈宝琛的一腔热忱就这样埋葬在了疮痍背后的阵阵疯狂。

至此，陈宝琛心灰意冷，加上头一年母亲去世，他趁机

丁忧乡居，远离政治漩涡。不曾想，此一去，在家乡一待便是25个春秋。

如今，我们作为旁观者，远眺此幕，尚觉况味悲凉，当年陈宝琛的痛苦可想而知，时年仅37岁，建功立业的大好年华就此空付东流。幸好，父亲豁然看待，多加劝慰，陈宝琛得以处变泰然，迅速转移心情和视线，以“世变急，非兴学育才无以相济也”的觉醒，在家乡办学兴教。

骎骎向上的创业者，从不在乎虚声浮名，更不刻意高谈阔论。为了探索兴教求才的蹊径，陈宝琛任神思飞扬在远离朝廷的孤晨冷夜，把一个落寞书生关于民族兴衰的忧思，以宏远规划和章程制度的形式，凝结在姿韵秀逸的蝇头小楷。

陈宝琛最初的办学方法，双轨并行：一是亲力亲为，先是在祠堂设置“学堂田”创办义学，而后把乡里的陈氏旧书院“田声簃”改建为“螺洲两等小学”；二是鼓励妻子王眉寿在娘家的后花厅置办“绥和女子家政学校”。不久，夫妻俩把绥和女子家政学校并入螺洲两等小学。男女同校，开风气之先。

海是江的路，心是梦的路，两个学校的合并，犹如两条清江终究汇流入海，激荡起千重碧浪。

1895年，陈宝琛受聘为鳌峰书院山长，这所名列福州四大书院的学校历史悠久，校风炽盛，格局考究，风景优美，

有“旧馆红遍芙蕖茎”之胜，早已培养出了梁章钜、林则徐等名流。

陈宝琛后来还担任由苍霞精舍的日文班衍变的“福州东文学堂”的校长。东文指的是日语，这是向近邻日本学习的实举，可见陈宝琛开阔开放的姿态。1903年，为了将福州东文学堂扩充为官立全闽师范学堂，培养新式教师，陈宝琛向二妹陈芷芳求助捐资数万，解决了学堂有官资背景、无充裕经费的窘境。可以说，妻子、妹妹等亲人既是陈宝琛事业的助力，更是主力。

陈宝琛为全闽师范学堂亲拟的“温故知新可以为师，化民成俗其必由学”的训言，闪耀着思想的光芒，透露了他以文化人、以文育人的孜孜追求。1907年，学堂升级为福建师范学堂，也就是现今福建师范大学的前身。

再后来，陈宝琛撰就一联，昭示了一个教育家数十年实践的宝贵结晶和对文化的深刻理解：

文明新旧能相益

心理东西本自同

此联的英文体，现今挂在美国哈佛大学哈佛燕京图书馆内，以经天纬地的文化气度，接受无数追慕者深情灼灼的目光——思想之美，如旗被擎举。

> 三十年来，闽省内外南北仕学有名绩者，大率先君所种植长养者也。

这段评价虽是陈宝琛儿子所言，却没有以私夸大、因情谬赞。陈宝琛确以拓荒者的形象，在创办新学的路上冲锋陷阵、奔走呼号。他的情怀与担当，让校园处处耸立；他的风骨与智慧，被热血人士追随。他乐育菁莪，这是时间表盘上不可抹去的一笔。

弹去历史寂寂的尘埃，陈宝琛还曾以“闽路总理”的身份为家乡修建铁路。他反复踏勘研究，路线起点和终点，钢轨挺进的方向和长度，站台的数量和距离，车轮旋转的速度及沿途的景观……一切都设计好了，剩下的就是等待，等待汽笛声响，等待货东人西。然而，在修建时，前方却突然传来了经费不够的消息，陈宝琛无奈而悲凉。资费短缺像是一个劫匪，所到之处，是铁路退缩的地界，也是陈宝琛最不愿意看到的窘局。

于是，一个花甲老人只能穿梭在福州、厦门、上海等地，“日无暇晷”地筹措资金，甚至舟车颠簸远下南洋，发动华侨认购股票，水土不服加之身心劳累，陈宝琛最终“侵冒瘴湿，患胫肿，偃卧经月”。

幸好，历史的记忆像钢轨般悠长。“民物一腔惭付托，风涛万里念衰孱”“平生了无怖，矧此百叠岭”……从这些稍稍渲染几丝悲情和惶愧的诗句中，可以读到陈宝琛在风波浪尖里、山高路陡中辗转踩出的足迹，可以读到这些足迹衔连的是关乎时代、关乎政局的“生命线”。

水路，铁路，这是两条不同频率和弧度的线条。它们交织出的画面，让我们看到了一个老人徘徊在美梦前的殷殷热血和惘惘感伤。

4

沏一壶茶，掬几缕清香入掌，观鼓岭春色浓淡的变幻，听雨水滑过芭蕉的声响，看尽世间的阴晴圆缺，体悟凡尘的喜怒哀乐。

人生，终归是顺逆交织；命运，逃不过跌宕沉浮。

陈宝琛壮年蛰居，确切说是赋闲。“赋闲”是一种行政修辞，是一个被迫姿态，脱离了权力和排场，亦写满了失落与挣扎。

然而，能够在挫折中承受、在困厄中奋起，需要乐天知命的性格基因，需要战胜苦难的灵丹妙药。对于陈宝琛而言，

“秋花瘦本输春，却省得、禽喧蜂扰”，他举起的武器是：重用有重用的担当，闲放有闲放的姿态。

访山听水，是陈宝琛的心灵放牧方式。“听惯田水声，时复爱泉响”，1887年，他在鼓岭喝水岩边建了“听水斋”，自号“听水居士”。那是船坊式的建筑，依山就势，设计巧妙。翠织绿叠中，偏立一侧的小亭像秤砣稳稳压住阵脚，顶上铺着的黑瓦如同薄薄的暮雪，让落叶都不忍轻踏。船形平台下支着几根柱子，将建筑轻盈托起，架空的姿态阻隔了山地的湿气。

在一张翻拍的老照片上，能回溯某个时光片段，曾有三五人围聚在圆形石桌品茗聊天。那是陈宝琛接待宾朋佳友的私密之所，文人墨客吟诗唱和的清雅之地。

人活一世，不过是这林间一壶茶；潇洒人生，不过是喝茶的两种姿态：拿起，放下。

沏一壶茶，掬几缕清香入掌，观鼓岭春色浓淡的变幻，听雨水滑过芭蕉的声响，看尽世间的阴晴圆缺，体悟凡尘的喜怒哀乐。

从当时挂在斋所的“色即是空空即是色，忧中有乐乐中有忧”对联，亦能窥视陈宝琛收放自如、淡然如水的心境。

尚嫌石鼓泉声细

洗耳时来就壑雷

一间听水斋不过瘾，陈宝琛的足迹向更远处延伸。1908年，他在永泰小雄山筑“听水第二斋”，那是另一段匆促人生的闲暇和灵魂喘息的台阶。水洗尘心，自在自得，在水石相击的光影中刷新小我的形态。

“得其地、支桥渡涧，面瀑筑室三楹，方亭前凸，益与瀑近。”“独有千仞崖，长悬三叠瀑。”……一连串的文字记录，像瀑布挂在眼前，流水却在心间。令我好奇的是，当年气势如虹的瀑布告诉了他什么呢？是拥有气吞山河的志向？还是保持能屈能伸的心态？

拥书入梦是陈宝琛的另一种精神松绑途径，他甚至到了痴迷的境地。“旧书插架已三传”，陈家藏书，早在陈宝琛的曾祖父陈若霖时就开始了，且代代相承。除了皇帝赐给祖辈的“御书”摆在“赐书楼”，嗜书如命的陈宝琛还搜罗了大量民间善本、珍本，存放于“还读楼”。一排排书架立在墙边，十多万本书向高处、向低处摆放，向窗台、向床榻堆置……书香，以方阵样式密不透风地席卷着他、拥围着他。

“还读楼”宽窗长廊，书香漫染，太阳都舍不得跌落，把入室者的心情照得柔软明亮。不沐浴焚香，不拜佛祷告，也能令人握住时间的流沙，穿越文字的迷宫，从世俗出家，获得在尘埃中飞升的轻盈畅快。

“江天留客榻，湖海读书楼”，是清朝大臣翁同龢手书联；

“至乐无声唯孝悌，大羹有味是诗书”，是陈宝琛手书联……

长诗短联，不管是他赠，还是自书，意向简明通透，表达了饕餮书卷的至味清欢。后来，图书多为福建省立图书馆和福建师范大学图书馆所收藏，光福建师范大学的“陈宝琛书室”就有三万多册古籍。

倘若循着这些书籍漂流的路径，把眼光逆序投向“陈氏五楼”这个集北方豪宅与苏州园林为一体的府第，抛开它体量之大、材质之坚、设计之妙、气势之雄、细节之美，功用更值得称道——宝库，只为“善本”留着位置。

发黄的纸页，指纹重叠指纹，承载着岁月的厚重悠远。在信息单纯依赖书页存储流播的年代，这些记载教化的脆薄纸片重过金石，足以垒起文化的阶梯。

时光打磨着书籍，也打磨着“陈氏五楼”。凝固了陈家几代书香的“赐书楼”“还读楼”“沧趣楼”“北望楼”“晞楼”，因这独特历史及文化贡献，早已不只是建筑名号，更是充满了情感的特殊词汇。它们共同组合成了一枚五边形的别致徽章，佩戴在螺洲明山秀水的衣襟上。

坚信，无论再过多少年，这枚敷裹了贵重血气精神的徽章都不会被尘封垢埋。

5

沉沦的世界，这些语言即便啼血带泪，也无从打探对方真实的想法，无法摆渡一颗迷乱之心那飘摇的归程。

时空存在一种秘不示人的气场，汲出忧伤或希望。一道圣旨在1909年从天突降，为陈宝琛开启了高调的复出。1911年，另一道入毓庆宫“授皇帝读”的任命，使陈宝琛就此铺开了在紫禁城“打马而过”的帝师生涯。

时光的面孔黑白交替，命运的栈道蜿蜒曲折。也许冥冥之中自有安排，陈宝琛帝师的任命之事另有原因，其实他本该是补授山西巡抚一职的，但因他未备厚礼去拜谒庆亲王奕劻这个军机大臣，因而被改任为6岁溥仪小皇帝的老师。而“上位成功”的山西巡抚陆钟琦到山西还不到一个月，就遭遇了太原新军发动起义，人头落了地。可谓福祸相依，这四字偈语写明了：人生不到最后难言输赢。

“咸待一言决焉”，作为启蒙老师，陈宝琛竭尽心智，不但教溥仪读书识字，还循循善诱地将他导入“人君”的角色，除了读经书念圣训，他还时常给溥仪讲历代帝王为政得失的故事。童年的奠基和布局，为的就是溥仪青春年华的雄姿挺立以及君王之位的摩天接地。

不苟言笑的陈宝琛对溥仪倍加严厉，可在溥仪眼里，老师身后的光芒深情而有力。溥仪人生的第一首“御制诗”就是为陈宝琛祝寿而作的：“松柏哥哥，终寒不凋；训予有功，长生不老。”

当时溥仪才8岁，全然一个童蒙稚子，那直抒胸臆的表达，却见一片汪洋心湖，澄澈透明得令人不忍玷污。

他身体健康、精力充沛、思维敏捷、举止端庄有礼，是一位很有魅力的令人喜爱的人。他也是一位著名的诗人、一位造诣极深的学者，其优美的书法令人赞赏。

这是溥仪的外教、曾与陈宝琛共事的英国人庄士敦在《紫禁城的黄昏》一书中真诚的描述。都说同行相轻，这些赞美的文字折射了陈宝琛的高标魅力。

在很长一段时间里，溥仪深深敬仰陈宝琛，他甚至用“唯一的智囊，唯一的灵魂”“最稳健的人”等热情洋溢的词句，为恩师献上赞歌。的确，人最大的幸运，不是加官晋爵，不是一夜暴富，而是在人生道路上有人鼓励你、指引你、帮助你。溥仪甚至将钓鱼台赐给老师作别墅。然而，当时间走到1931年，师徒情谊的绳索在时势的长剑下断裂了，曾经在溥仪心目中最可亲可敬的老师陈宝琛，被悄然排在圈子外，溥仪背着老师密赴东北。

沧桑的不是时间，而是岁月；变动的不是世界，而是人心。

闻讯后的陈宝琛，心如刀绞，老泪纵横。1931年底，他不顾严寒之季和衰朽之躯，只身前往冰窖似的东北。寒风进入他隐痛的关节，更疼痛的是他的内心。

他设法冲破郑孝胥等人的百般阻挠，面见了溥仪。他劝诫溥仪不可轻信郑孝胥的“欺罔之言”，不要中了日本人的圈套。可是，几日之后，他的行李就被郑孝胥父子强行扔上车——这是“逐客令”，他不得不离开了。

风吹云散，人事消磨。一边是去路惘惘，一边是来日无多。陈宝琛几近哽咽地递上了“臣风烛残年，恐不能再来，即来，也恐未必能见，愿皇上保重”的临别话语。可是，沉沦的世界，这些语言即便啼血带泪，也无从打探对方真实的想法，无法摆渡一颗迷乱之心那飘摇的归程。

中国大地陷入沉沉暗夜，溥仪也慢慢滑向了万劫不复的迷途……

1932年3月，溥仪在日本人的控制下粉墨登场，坐上了伪满洲国傀儡皇帝的交椅。陈宝琛不禁为溥仪的出路和安全担忧，同年9月，已经85岁高龄的他不远万里来到长春，抱着残存的幻想，最后一次面见溥仪。

陈宝琛眉头紧锁，挺不起腰杆，一切都是隔心隔肚的交谈，他知道现实已变成一个死结，再多的省问和挽救终是徒劳。不过，这一路餐风沐雨、水宿山行，因为涂抹着劝诫的底色，烙着明知不可为而为之的坚持，构成了陈宝琛人生最后的亮色。

1935年3月，陈宝琛病逝。家人在为其换衣入殓时，意外发现贴身内衣中藏着他去长春上呈溥仪的密折底稿——他以独特的方式供奉着皇帝，也供奉着自己的“冰渊晚节”。当时《北平晨报》在报道他逝世的消息时，用了“鸿儒”一词。对于此名号，陈宝琛显然承受得起。

6

每一行诗都是特殊的感怀与寄意，有着时空变迁的浩叹、生死转折的诘问、情绪起伏的把捉，配着他简约瘦硬的书法，显得如此孤愤、如此坚忍、如此不甘。这是唱给清朝的挽歌。

岁月倥偬，风雨谁知？在时间的灰烬中，陈宝琛曾一首接一首写下“落花诗”：

委蜕大难求净土
伤心最是近高楼

繁华早忏三生业
衰谢难酬一顾知

无端更茹冬青恨
天上人间总断肠
…………

每一行诗都是特殊的感怀与寄意，有着时空变迁的浩叹、生死转折的诘问、情绪起伏的把捉，配着他简约瘦硬的书法，显得如此孤愤、如此坚忍、如此不甘。这是唱给清朝的挽歌。

云厚遮月，雾满拦山。陈宝琛将自己的晚年更多地藏于书斋，但哪怕身处江湖之远，俯首三尺书案，也不改其忧国忧民的底色。他站在“北望楼”，以眺望的姿态，掠过山高海阔，把苍苍老臣的殷殷忠心投向皇都的方向。尽管身子消瘦成弯弓弦月，但对渺远的未来依旧满怀自信，在“晞楼”之上，他静静期待黎明抵达时分，喷薄的朝阳能够冉冉升起。

虽然，他最后没能等来那个破晓的黎明，但自撰的墓联，以石柱的样式并立坟头，替他站成另一种沉默的期待：

冰渊晚节期无忝

桑海余生会有涯

端持历史的过滤镜，眼波盈盈中，似乎看见深秋荷塘的萧索写意：一茎残梗老芰，捧着空茫的内心、忧伤的灵魂，仍竭力保持某种格调。

遥想当年陈宝琛写下这几行字时，已是人生尾声。这是披荆斩棘的生命提前写给自己的悼词。联语素朴得没有矫饰，可你却记住了它。

——它注定要成为时间的墓碑。

十年卖画隐长安一面时

贤胆即与世界已无清白望

山人写雪自家看

林纾

林纾（1852—1924），福建福州人，原名群玉，字琴南，号畏庐。

清光绪八年（1882年）举人。清光绪二十三年（1897年），林纾编著他迈入文坛的第一部作品——歌集《闽中新乐府》，呼吁救亡图存，倡导学习西方；同年夏，由王寿昌口述，林纾执笔，译成《巴黎茶花女遗事》，一生共用古文翻译欧美小说近200种，在清末民初的文坛影响巨大。清光绪二十四年（1898年），林纾北上会考，参与变法维新公车上书。后病逝北京，归葬福州。

故居在福州晋安区莲宅。少时居住福州光禄坊玉尺山房。

一支笔：精神的浮桥

1

浅浅的海水，照见了他单薄的倒影，也照见了疼痛。

孤灯下，关涉林纾的史料层层铺开，衍连的是无法一眼洞穿的历史，然而，那沉甸甸的译著又斩钉截铁地告诉我们：在时间的卷宗里，他活成了一册珍贵的孤本……

目光投向1852年的11月，林纾在这南方的初冬出生了。天放湛蓝，山见苍翠，东南形胜之地，终年不见萧枯。林纾嘹亮的啼哭扫过柔软起伏的乌山支脉之后，被山色浸染得青葱一片，听上去总那么生机勃勃。于是，父亲为他取名“群玉”——好一个绿意森森的名字。

从物质生活来看，林纾的童年除了这美好的开篇，剩下的便是筋疲力尽的未来。就像这漫山草木的深绿淡翠，承受不住暮色一沉，便陷入混沌晦暗之中。

林纾的父亲林国铨是盐商，在林纾5岁那年，发生船舶触礁事件。顷刻间倾家荡产，举家只好从当时的玉尺山退迁至横山。从此山到彼山的距离，不过两三公里，却划出了一条回不去的轨迹。轨迹的开端，就是那样一个照常睁眼醒来的清晨；轨迹的结束，便是荣华富贵变成了明日黄花。

即便再心酸，还要继续生活下去，唯一的办法，便是收起眼泪。长年与食盐打交道的林国铨深深懂得：既要在菜里放盐巴，也要在肩上扛责任。于是，暗誓东山再起的他抛家别子，跨过一湾海峡，来到举目无亲的台湾淡水，开启全新的逐梦之旅。

父亲转身，走远，变小，直至消失，林纾都不曾掉落一滴泪，他并非不伤心，而是坚信父亲很快能归来，赚取足够钱财供他上学。

然而，人落魄的时候，总感觉世态炎凉多于温暖，何况新的行当要打开局面，更需阳光的照耀。刚到台湾那阵子，上苍没有眷顾这个潦倒的商人，林家的日子只能靠林纾祖母和母亲做针线活支撑。幸好，林纾聪明上进，给凄清的陋屋晕染了几许暖色。

尽管家徒四壁，对于林纾的成长成才，家人没有丝毫马虎，毕竟涉及家族、事关功名。林纾的外婆深受丈夫影响，血管里翻卷着重振家威的涛音，促使她在林纾的启蒙教育上不惜血本——不仅为林纾聘请了私塾老师，还把殷殷冀盼渗入日常生活。她时常把5岁的林纾领到丈夫书房静坐，让他触摸四壁书籍，没说破的想法是：在潜移默化中，让林纾早日浸润书香墨韵。

除了文化上的教导，目光深远的外婆还注重林纾心性的塑造。有一次，她看到林纾垂涎邻居家的荔枝，便典当自己珍爱的衣服，购回一大篮子，她边帮外孙剥荔枝，边循循善诱："孺子不患无美食，而患无大志。"

在匮乏的物质生活中，这真是不一般的荔枝，它已成为育人的道具。语重心长的几句话，犹如白盐入水，不知不觉让人深尝其味，以至于多年之后，短短几个字仍然是"重章复奏"，铜锤似的，时时敲打着林纾。

与外婆的苦心孤诣不同，林纾祖母表现出一贯的恬淡知足，她对后辈的期望也仅仅停留在平安健康的层面。偶尔，操劳的祖母会在丝瓜藤下，摇着蒲扇，哼着民歌童谣，有一搭没一搭地对林纾交谈开导，她低缓平和的语调就像催眠

曲，足以让孙子的梦想瞌睡……

然而，生活永远是一本法力无边的宝书。无钱入私塾、无米下锅、无力挽救难产婶婶性命、无法拉住父亲远行脚步的种种慌乱无奈，以及逼仄的居所、破旧的衣服、家人不眠不休的操劳……林纾一一目睹、经历。在深宵的叹息和眼泪之后，这些经历落在林纾思想的河床，荡起了早慧的波纹。11岁的林纾，曾在墙壁上画过一具黑漆漆的棺材，旁注“读书则生，不则入棺”。

当磨难被踩在地上，就会变成垫脚石，抬升着他的高度，促使他将心气自拔于狭隘的天地，将激情播洒在每一寸光阴。此时的他，是向命运怒吼的屠龙少年。

然而，对着这样一个执着上进的孩童，叔叔林国宾却不看好，他曾当众挫磨林纾，直白得不留情面，严肃得无法回驳：

> 儿虽善读，顾燥烈不能容人，吾知汝不胜官也。

冰一般冷硬，铁一般尖锐。

不过，有些冷水是基于厚爱和了解才浇下的。烧红的烙铁，需冷水淬火，吱吱几声，白烟散去，抵达新的硬度。显然叔叔是深爱侄儿的，只不过这桶冷水够猛，让年幼的林纾懊恼了好一阵，幸好不曾浇灭他内心燃烧的火焰，当然，也未能改善他的火爆脾气。毕竟，脾气就像冻疮，一年年紧贴身上。

转眼，春风又绿江南岸。暖日迟迟，芳草萋萋，16岁的少年与梦想同在，一切都是青春的美好面目。然而，意料不到的是，正当林纾为找到了求学方向而踌躇满志时，命运的灰土再次沾染那胜雪的白衣。

父亲的信函隔海而来，硬生生打乱了他的步伐，先前的兴致如泡沫般消散。他只能听从父亲的安排，背起行囊，一步一回头，怏怏然登上摇摇晃晃的小船，前往台湾淡水担当父亲生意上的帮手。

浅浅的海水，照见了他单薄的倒影，也照见了疼痛。

2

南方港城，时常下雨。天空的哭泣，是他深邃的孤寂。彼时的林纾，如同一头困兽，陷在命运的荒野中，无法抽身逃脱。

重复着收货、卖货、记账的日子，偶尔伏在柜台打盹，坚持在烛光下读书，时常张望对岸的故乡……在涛起帆移的淡水码头，林纾对似水流年的无情和日复一日的蹉跎，多了一层深切体会。

眨眼间，两年的青葱岁月，人生的黄金年华，就这样无声无息地在台湾的码头奔流而过。

南方港城，时常下雨。天空的哭泣，是他深邃的孤寂。彼时的林纾，如同一头困兽，陷在命运的荒野中，无法抽身逃脱。

后来，一纸“鸳盟”救了他。那一年，林纾18岁，一门亲事把他从台湾给扯了回来。返乡途中，林纾给自己取了“琴南”之名，更名之举并非执意割断过去，只是对来日又有了簇新的向往。

回到福州横山的泗洲巷，沟沿上低伏的蕨草簇拥着巷子向前延伸。林纾缓缓走过。架在两侧楼墙的细长竹竿，挑挂着各色各样的衣裳，水珠纷落，他不躲闪，反而在晶莹闪亮的雨滴中仰望。这是他从小生活的地方，那衣裳之上的蓝天，陌生而又熟悉，纯净而又高远。

不几天，林纾便被领着相亲去了。要见的人叫刘琼姿，林纾素未谋面，初见便情投意合，很快，春天还没结束，便把她娶进了家门。团聚、支撑、恒久的亲情、平稳的生活、繁衍的兴盛……幸福来得太快了，林纾沉浸其中，向着未来编织绮梦。

谁知，在静美的时光里，悲痛正在不远处逡巡。对于多灾多难的林家，危机就像悬在头顶的团团乌云，随时变成瓢泼大雨兜头而下。先是祖父在初夏走了，紧接着父亲染肺病死了，几个月后祖母闭眼了。密集的讣告、奔涌的哀思、短促的祭奠、长久的创痛……笙箫皆默。

林纾自己也不幸罹患肺疾，喘咳不止，命悬一线，如同狂风骤雨中的一片残叶。独木难支的无力感让林纾真正体会到：望远皆悲的人生，端捧的永远是一杯苦涩的酒。

悲伤流淌成河，林纾需要排解的出口。他练起了拳剑之术，与朋友纵酒论诗。在江湖侠气、醉月迷星的萦绕之下，林纾难免胡言狂语，有一次竟放言：

我的一支笔靠在南门城墙上，没有人搬得动……

此番自我标榜，在民风淳朴的坊间自是招来一片非议和讪笑，林纾自此也被贴上了“狂生”标签。从当时情境看，这对于18岁血气方刚的林纾而言未必是件坏事，相反，带给他很多的力量：有低落时的自励自强，有架在火上烤的自我加压，有出人头地的破釜沉舟，也有撞向明天的赤身一搏……

他没有退路，也不想有退路，必须在文字的世界里，淬火炼金。

3

在全力冲刺的人生交叉口，是能量的角力，是意志的对垒，一边需要能力上的崛起，一边少不了精神上的宽缓。

时光汹涌的浪头，拍响兰舟催发的号角。

接下来，读书、画画、参加科考，成了林纾的生活常态。但林纾翻开书本却多半为了诗文兴趣，与科举只是若即若离、藕断丝连。由兴趣出发的书目选择，自然与科举“八股”相去甚远，屡屡名落孙山也就在意料之中了。

命运很公允，又很势利。生肖属鼠的他，似乎不是牙尖嘴利的松鼠，啃不开科考这枚坚果。但这只“机灵鼠”，在夜的深处，一直没有放弃寻找光的源头。

林纾的岳父刘有棻性格温良，对林纾没有半句责备和打击，反而是以经济上的接济对林纾进行实质性的帮助和勉励，他让林纾辞去塾师之职，专心温书迎考。

经过命运的辗轧，更懂亲情的温度，林纾暗暗将兴趣搁置起来，牧犬听经，专攻“八股文”，但没想到，那次考试依然没有出现惊喜，林纾的求仕之舟还是搁浅了。后来，林纾的胞弟林秉耀为了支撑林纾的科举之路，远赴台湾经商，1878年不幸病殁他乡。

林纾从没为科考失败落过泪，但弟弟的早逝却使他涕泗横流——他觉得亏欠了弟弟，必须给弟弟一个交代。1879年，终于中了秀才。面对这历尽劫波的登科及第，他的雄心壮志随之如风帆般鼓了起来，他决定向着“举人”进发。

然而，1881年一个风雪交加的夜晚，林纾的岳父还来不及享受女婿中举的荣光便撒手西去了。此后，林纾悲难自抑，从家的锚地归来，便沉舟破釜。转年，还真转运了，魁星高照中，林纾与陈衍、高凤歧、郑孝胥、方家澍及李宗言、李宗祎兄弟等一同中举，他们有个共同称谓——壬午举人。

悬于福州莲塘村旧宅的“文魁”大匾，四邻八乡无不引颈瞻望，那些目光汇聚成一道光束，指引着林纾向更高的阶梯攀登，促使他铆足劲儿准备京城的癸未科考。

也是那个冬天，林纾为自己更名“林纾”。为什么选择这个名字呢？时至今日，站在历史门前观望的我们已难测玄机了，单从字面看，不难从“纾”字上寻得一种自求解脱的况味。在全力冲刺的人生交叉口，是能量的角力，是意志的对垒，一边需要能力上的崛起，一边少不了精神上的宽缓，“纾”之一字，不正好对应了此番心境吗？

光阴的箭矢，嗖嗖向前不回头，林纾在忐忑中迎来放榜的日子。从头到尾找了几遍，没看到自己名字，悻悻然，只好南下。除了离开，真找不出更好的安慰。

来到有三秋桂子、十里荷花的杭州，林纾拜访了浙江道监察御史林启，彼时，这位林家前辈提出了“简文法以核实政、汰冗员以清仕途、崇风尚以挽士风、开利源以培民命”的政见主张，像西湖上旋起一股清新之风，洗心荡胸，彻底折服了林纾。真正“宦情扫地”虽是后面的事，但那时的林纾已幡然醒悟：凭科举的铁圈箍住似水年华，是赔本的买卖，靠别的路子突围未尝不可。

他继续埋首书堆，虽然寒窗破桌、篝灯呵冻，但不再冲着仕途的他，衍连的是不着急的人生。他弯腰伏案的脊背上分明燃放着太阳的光芒。

4

对于水远山长的人生，从小与梦想青梅竹马是一条路，一颗落满尘埃的心于柳暗花明处邂逅转机是一条路。对于后者，那意料之外的起笔、无心栽柳的结局，似乎带着神秘莫测的天意。

红尘滚滚，烟幕重重。龙潭精舍成了林纾落第归闽后的读书之所、静心之地。“孟子”供奉在属于他的高度，竹丛将喧嚣隔在杂沓的脚步边缘。林纾与自己的影子成为同路战友，一起打捞书中的精彩。

渐渐地，林纾恋上了这个地方，他拿出家中积蓄在龙潭精舍后园筑了“浩然堂”。后来，有弟子在楼堂一侧修建了

“畏庐”供林纾休憩。

两处建筑的名字都是林纾亲起的，前者来自孟子语“吾善养浩然之气”，后者出自林纾心中的敬畏：

> 夫据非其有，而获重名美利，乡党誉之，朋友信之，复过不自闻而竟蹈于败，天下之可畏者，孰大于此？

“畏庐”二字风骨坚苍，林纾喜欢至极。头一回捧着诗集《闽中新乐府》登上福州文坛时，林纾就在序言中以“畏庐子”自称。晚年，他干脆把它作为著述的名号，在《伊索寓言》一书中，故事结尾的起笔屡用“畏庐曰”。从《畏庐文集》《畏庐续集》《畏庐琐记》《畏庐漫录》等书名看，更是以开门见山的封签之显跃入眼帘。这些烙在著述中的名符，扛住了岁月的磨损锈蚀，像星辰一样孤独倔强地闪亮着。

说到翻译，则是林纾人生中不可跳过的精彩华章。现在，他进入公众视野的形象多定格于“译界奇人”。

跨过林纾的赫赫威名，趟过时间的河流，翻晒他首部译著《巴黎茶花女遗事》背后的故事，就不能抹去其好友魏瀚、王寿昌的功劳。

古有高山流水遇知音，士为知己者死，对林纾而言，他的好友魏瀚、王寿昌真是没有辜负“友情”二字的人。也因这仗义之举，他们的名字没有在时间的沟壑中辗转泛黄。

1897年，林纾刚刚丧失了相知相惜的妻子，心情低落。从法国归来的魏瀚、王寿昌不忍好友在痛苦中沉沦，力邀他一起翻译法国小说，林纾几番推辞，最后以“须请我游石鼓山乃可”作为条件答应了。就在石鼓山莲叶铺水、画舫接窗的游船上，王寿昌口译了几段，林纾被女主人公悲惨的命运打动，便在“耳受手追”中译完《巴黎茶花女遗事》全书。

付梓刊行后，林纾手捧飘着油墨清香的书本，就像端持一个好梦，酝酿着抖擞的苏醒。那一刻，颓唐自动消弭，力量重新膨起。

落日千帆低不度，惊涛一片雪山来。人人争相阅读，一时洛阳纸贵，好友严复更是替林纾高兴，作诗盛赞：

> 可怜一卷《茶花女》
> 断尽支那荡子肠

声名鹊起的林纾尝到了甜头，一发不可收拾，迎来了开挂的人生。对于水远山长的人生，从小与梦想青梅竹马是一条路，一颗落满尘埃的心于柳暗花明处邂逅转机是一条路。对于后者，那意料之外的起笔、无心栽柳的结局，似乎带着神秘莫测的天意。

此后，林纾翻译的作品源源不断，用力之勤、涉猎之广、速度之快令人惊叹。他的合作者有王寿昌、魏易、严培南、严璩、曾宗巩、毛文钟等，译著一百多种。林纾对笔头功夫也一直充满自信：

> 恃二三君子，为余口述其词，余耳受而手追之，声已笔止，日区四小时，得文字六千言。
>
> 口述者未毕其词，而纾已书在纸，能限一时许就千言，不窜一字。

如鲸向海、似鹿投林，林纾找到了人生栈道，由此通向精神的道场。这也呼应了他早前的突围念头，他曾那么自恋且自信地高呼：我的一支笔靠在南门城墙上，没有人搬得动。

此时，磨尽了热血，靠着澎湃的才情，这个文弱而坚强的汉子终于熬出了头，让之前所有的外在不屑跌落在地。

他的著作，如天外飞雪，新奇地落在每一个人的视野，他潇洒的身影，如背负长剑的大侠，独步天涯，带光而行。

当时有位名妓叫谢蝶仙，是长于作诗的才女，读罢《巴黎茶花女遗事》，对译者才华倾慕不已，想委身于他。林纾得知后很是感动，却终究有所挂碍，便写了一首《答谢蝶仙》，婉拒一颗炽烈的心：

不留夙孽累儿孙
不向情田种爱根
绮语早除名士习
画楼宁负美人恩

蜡烛替谢小姐感到惋惜，有泪垂落。之后，薄命的谢小姐没多久就瘗玉埋香了，林纾好一阵难过，写下“水榭当时别谢娘，梦中恍惚想啼妆。魂来若过西江道，好认临川玉茗堂”，表达哀婉之意，还多次把她作为小说里的女主人公。这是隔世的牵念，也是歉疚的补偿。

译出一个个惊世之情的林纾，却不懂及时挽住一片情，不过，有那么一刹那，谢小姐曾让林纾的心里动了真情、眼里盛满了星光。

5

时代车轮滚滚向前，一位老人站在腾起的烟尘里，不知今夕何夕，甚至对着呼啸而去的车影痛骂了几声，那佝偻的背影被夕阳拖得很长，很长……

晚年的林纾，是一个复杂的存在。原本他只想扑在“春觉斋”研究他深爱的古文，可是风雨飘摇、兵荒马乱，谁又能躲过小楼外的风雨？

在动荡的时局面前，已知或未知，迂腐或开化，追随或疏离，焦灼或欣慰，担忧国家前途却对旧世界的行将就木产生切肤之痛，执迷不悟地守旧却又无法抑制新生，这矛盾挣扎的一切，终究组合出灰色调的镜像——辛亥之年对“共和”的认同与期望，对议会制下“党争”的不满与失望，对“政府”的维护与对“政客”的谴责，在五四时期对新文化进行抵抗，前后11次拜谒光绪陵……

假如截取上述片段，大抵能拼接出如许画面：时代车轮滚滚向前，一位老人站在腾起的烟尘里，不知今夕何夕，甚至对着呼啸而去的车影痛骂几声，那佝偻的背影被夕阳拖得很长，很长……

翻开他的人生长卷，跃然于纸面的还有：那个出身寒微却赍米赠师的读书郎；那个坐对黄花微一笑而慷慨施助的善心人；那个在马尾海战失利后拦马状告福州军务掩盖败绩的真义士；那个仿照白居易的讽喻诗为儿童创作启蒙歌诀的大诗人；那个不懂外语却捧出皇皇译著的翻译家；那个在妻子逝世后迟疑续弦的痴情郎；那个在西湖缺树处补栽垂柳的“西湖补柳翁”……

1924年的10月，林纾走了，带着73载春花秋月，带着欢喜与疼痛，带着荣耀与落寞，带着迷惘与忧思，带着彷徨与坚定……

福州北郊马鞍山的林纾墓地依山望川，墓门前的石柱上镌刻着他生前自撰联：

著述傥沾东越传
功名早淡北山文

以文传世，借才立名，虽历波折，却也不朽。

想想多数人的生命模式大体都这样，是与时代的聚合、出发、回归、永别，包含人生的成败、得失、明暗、转圜。林纾亦在车水马龙间追逐一生，在数不清的风雨跌宕中留下他的风华绝唱……

燕市天如晦宣南雨又来
临河鸣犊叹莫遣寸心灰

嚴復

严复（1854—1921），福建福州人，原名宗光，字又陵，后改名复，字几道。

清末著名资产阶级启蒙思想家、翻译家和教育家，中国近代史上向西方国家寻找真理的『先进的中国人』之一。他的译著第一次把西方古典经济学、政治学理论以及自然科学和哲学理论较为系统地引入中国，启蒙与教育了一代国人。病逝福州。

晚年居住三坊七巷郎官巷20号。

一声雷：天地的变奏

1

这红白交杂的悲喜，如同致命的暗箭，以决绝的方式给人惨烈一击，再多的眼泪也无法导流失怙的悲痛。就这样，瘠瘦的严复，站在少年的码头，四顾茫茫，载渡未来的船只瞬间沉没。

流年悲欣。1866年之于严复，俨然一册翻乱了的书页。

榕叶新滋的年初，他依父母之命、媒妁之言，与福州乡下的王氏成亲，贴在门楣的大红喜字灿若院外的几树桃花。转眼到了溽热淋漓的盛夏，福州城霍乱流行，其父严振先为患者日夜诊治，自己却不幸染疾，驾鹤归西。

一红一白，并非必经的程序，亦无提前的暗示，那红色太过灿烂、白色又太过肃寒，前后跌宕的反差令人措手不及。这红白交杂的悲喜，如同致命的暗箭，以决绝的方式给人惨烈一击，再多的眼泪也无法导流失怙的悲痛。

就这样，瘠瘦的严复，站在少年的码头，四顾茫茫，载渡未来的船只瞬间沉没。

无奈之中，举家从福州南台苍霞洲迁回十公里外的乡下阳歧祖居。那座叫“大夫第”的高宅大院，只剩隔墙外的两三间破木屋勉强可以收留一家老小。清理出堆放的杂物和积年的灰尘，展开一段忍气吞声的日子。严复作为长房嫡孙，依乡规俗约当有更好的住处。

想着孤儿寡母委屈地窝在隔着高墙、跨着巷子的陋小杂物间，只有蜘蛛以网线织补雨檐下的冷寂——无疑，在这温暖的边缘，严复对世态炎凉有着切肤的体会。

过往，那些血脉族亲进城看病办事，没少得到他父亲的照应，“弃儒为医，以仁心精术有声州里间。闽垣夏秋多病疫，无贫富悉与医治”，这是父亲坚守的本分，因此父亲总是对他们有求必应。乡民嘴里一声声把父亲唤为“严半仙”，既是对父亲岐黄之术的美化，更是父亲人情温度的外化。

可如今父亲不在人世了，曾经的声誉及其连带的利好资源，瞬间就变成纸糊的灯笼，轻飘、脆弱，不堪一击。同一祖系的后人，交肱错臂地生活在一个屋檐下，虽不至于同严复一家撇清关系，在情感上却或明或暗摆弄着鄙弃的天平。

人情胜似吴江冷，世事更如蜀道难。此中卑微的生活细节，彻底颠覆了严复对血脉乡情的幻想。与此同时，全家的生计也急转直下，全靠母亲和妻子替人绣花、缝纫所得，生活过得异常艰辛，早餐往往只有几尾腌制的“鲭仔”落肚。

家中的炉膛虽时常断火，炊烟不起，严复内心的壁炉，却一直没有停息火焰的舞蹈和暖气的氤氲——家人飞针走线的动作，终究缝补了支离破碎的生活和千疮百孔的心田。以至于晚年，严复在为周养庵的《篝灯纺织图》题诗时，记忆与现实杂糅，寒凉与温暖交汇，情感翻江倒海：

我生十四龄，阿父即见背。
家贫有质券，赙钱不充债。
陟冈则无兄，同谷歌有妹。
慈母于此时，十指作耕耒。
…………

贫穷是一本最深刻的书籍，也是一剂最暖心的汤药。经历命运的辗轧，才懂人间的慈悲。多年前细数蛛丝残雨的那个少年，痛过，笑过，那一刻正沿着纸面纹路的牵引，噙着泪，回到尘封的一页。

2

万事万物都在寻寻觅觅，向上向善是共通的方向，拜佛的人寻找内心的安妥，求学的人找寻世界的安宁，他们似乎走在一条各自延伸却又相互连接的通道。

星光不问赶路人，有时，一个人在暗夜里走着走着，猛抬头，真就瞥见星星擎着光亮，恭候在前。

1866年12月，求是堂艺局（后更名为福州船政学堂）悬榜招生，章程八条，内容简练明晰。对于苦寻出路的严复来说，“各子弟到局后，饭食及患病医药之费，均由局中给发”“仍每名月给银四两，俾赡其家，以昭体恤”等字眼怦然

入心，他热血沸腾。报名求是堂艺局虽非科举之路，但白纸黑字间释放的信息足以逼退犹豫彷徨，若不抓住机会，这等既能学技又兼养家的好事再向何处寻呢?

那一刻，阳光从严复肩头沥下，世界一下变得温暖而开阔。

不过，报名的过程一波三折，严复前往于山白塔寺索要了表格和具结保证书，表上一处小小的空格却难住了他——需要一位有声望的人替他签字担保。

在牵丝盘藤的关系圈中打捞了一番，严复最终瞄上了举人严厚甫，他是亲房梓叔，又是儿时老师，是最合适的人选。没料到，一开口，就被拒绝了，严厚甫认为这是“奇技淫巧”之途，不仅不愿作保，还唾沫横飞地把严复母子狠狠数落了一番。

无计可施，严复只好听从好心叔伯“担保不费银两，不涉田土，不需担责，但填无妨”的建议，硬着头皮私自写上“严厚甫”——为着一家的生计和个人的前途，他斗胆地鲁莽一回，执拗地冒犯一次。

主考官沈葆桢出题《大孝终身慕父母论》。严复一边摇笔，一边回闪母亲兀兀劬劳的画面，他旁征博引、汪洋恣肆。由情感提纯出来的立意、谋篇、语言、思想、字迹等所组合而成的“感应场”，牢牢吸住了丁忧在家倍思亲的沈葆

桢。真情引发了共情，共情成全了惺惺相惜的赏识。于是，严复在所有竞考者中勇拔头筹，顺利录取为求是堂艺局后学堂（驾驶学堂）学童。

放榜的一刻，正是萧然岁末，严复的世界却春风荡漾、幸福萦绕，以至于若干年后，他心尖的感触尚未冷却，以水一般柔软的诗句为索引，解码当年的荣耀与感恩：

尚忆垂髫十五时，
一篇大孝论能奇。
谁言后死无穷感，
惭负先生远到期。

榜单贴示后不久，严复踏上了封闭式读书的新征程。由于当时求是堂艺局尚未建成，于山的法雨堂成了他们最初的学习场所。

威仪棣棣的于山，历来是瑞霭灵峦、福门宝地。然而，佛像、钟鼓、经幢、签卦、萦袅的烟雾、烛火的微光、蒲团上铺着暗尘的脸庞……这些形态与意象，搭配出日暮黄昏的质感。

木鱼咚咚响，梵经声声唱，突然就闯入一批唇红齿白、英气逼人的少年。他们在梵经的底色中，斗志昂扬地跟随洋人念诵ABC。暮气与朝气，出世与入世，隐没与外显，庄严与低垂，在彼此间的包纳与吸收中，显得拥挤而不混乱、对冲却又和谐。

万事万物都在寻寻觅觅，向上向善是共通的方向，拜佛的人寻找内心的安妥，求学的人找寻世界的安宁，他们似乎走在一条各自延伸却又相互连接的通道。

3

清新的海风混合草木繁盛馥郁的气息，浸泡着校舍、榕树、沙土路、玻璃窗；三两只禾花雀迅疾斜飞，纵横切割着漫延似帘的金色阳光……庸常的事物簇新得令人心潮澎湃。

时序到了端午，100多个学生遵从安排，成群结队地迁往马尾新校。在平静与喜悦、清朗与灿烂的延伸和转折里，一行队伍，把路线越缩越短。

一切都在赶往盛夏的路上。

开阔的江边，绿树白墙，瓦屋鳞然。清新的海风混合草木繁盛馥郁的气息，浸泡着校舍、榕树、沙土路、玻璃窗；

三两只禾花雀迅疾斜飞，纵横切割着漫延似帘的金色阳光……庸常的事物簇新得令人心潮澎湃。

人的意志是有弹性的，在这片面江向海的天地里不断拉长、拉长。伴着江涛日夜不息的吟唱，严复和他的同学度过了人生最青葱的求学时光。严谨务实的校风，像是一剂缓释片，提供持续的浸润和滋养。当然，这些学生日后的才识、襟怀、贡献和魅力，又对校风校训作了生动的注解和内涵上的扩容，构成了源与流、传与承的情节。

内心清澈而葱茏的严复，在校五年，课业成绩位居前列，最突出的是英语。1870年，后学堂的堂课画上了句号，这批学生依计划转轨到实训阶段——登船作业。80马力、515吨排水量，那条名叫“建威”的小船，估计从未料到：迎来船政学堂首届学生就等于迎来了日后历史星空中熠熠闪耀的一个个名字，严复、刘步蟾、萨镇冰、林泰曾……

1877年3月，在等了盼了足足4个春秋后，严复和同学开启了自己的留洋之旅。从沈葆桢上呈奏折到批复成行，中间历经的任何一个变数都足以阻断行程，在此期间，除了祈祷和等待，无计可施。

临行的那一天，风和日丽，“济安”号终于扬笛卷浪，载着他们从福州取道香港。尔后，兵分两路，学习制造的生徒前往法国，严复等学习驾驶的学生则向英国进发，“途中各限功课，不令闲旷”。

船过处，海鸥在浪花里翔舞，波涛贴着它们的身影，它们在云际浪尖俯瞰着海的壮阔，一如学子们高远而又雀跃的心。

到了英国，严复又以第一名的身份被推荐保送格林威治皇家海军学院。很快，又是新一年的春节，严复与其他5位同校留学生循传统年俗来到中国使馆拜年，驻英大使、二品官员郭嵩焘与他们相谈甚欢。

严复对世界的观察、时势的判断、学业的思考，引发了郭嵩焘的深深共鸣，“赏其才，时引与论析中西学术同异”，郭嵩焘甚至在日记簿中赫然写下“严又陵（严复）谈最畅……其言多可听者”。

他们开始了忘年之交。同年6月，郭嵩焘前往巴黎访问时，严复也在随行的队列。现今虽无过多资料记录郭严二人当时在英的交往细节，但从其日记上反复出现的名字和出访行程安排上，足见两者思想性情上的投契，或者说是郭嵩焘作为长辈对晚辈的器重。

在郭嵩焘的建议下，严复还把留学时的所见所闻整理成日记，于是便有了《沤舸纪经》。对此，郭嵩焘认真批阅并节录了如“论扬子江沙线”“铁船之弊”“英医言养生”等。后《沤舸纪经》不幸散佚，正是郭嵩焘当时的节录，从另一个途径保存了其中的鳞鳞片段，让我们得以窥见严复早期的作品和思想。

郭嵩焘渐渐成为严复的“生平第一知己”。郭嵩焘逝世时，严复百感交集地撰了挽联，既赞颂前辈知己的独醒，又哀叹世道的炎凉；既表达知遇之恩，又生发愧怍之意：

> 平生蒙国士之知，而今鹤翅氋氃，激赏深惭羊叔子；
> 惟公负独醒之累，在昔蛾眉谣诼，离忧岂仅屈灵均。

4

那些信，构成了他的日常江湖，是交流，亦是排解；是倾诉，亦是自语。仿佛一声声微茫的叹息：有郁郁寡欢，见落落悲情，存炽炽向慕，见孜孜追求……

乾坤旋转，日月更替。1879年的夏天，风闲闲地摇着树枝，知了鼓翼而鸣，把张力填满每一个音节，仿佛动用上乘的表演，迎迓这位英伦学成归国的学子。

严复回到母校——福州船政学堂，执掌教鞭。翌年，北洋水师学堂创立，经乡友陈宝琛举荐，严复远离故土迢迢北上天津，担任总教习。在天津，他这一待就是20年，虽然学

堂承享着“开北方风气之先、立中国兵船之本”的美誉，但从他个人现实来看，命运又一次向他做了鬼脸后，吹着口哨扬长而去。

抱负的幻灭、事业的停滞、仕途的挫折、家庭的负累……面对一团乱麻的生活、一片未知的天地，严复频繁地写信，将失意和困顿塞进信封，投递给远方的亲友故知。

现今留下的尚有数百封之多，那些信，构成了他的日常江湖，是交流，亦是排解；是倾诉，亦是自语。仿佛一声声微茫的叹息：有郁郁寡欢，见落落悲情，存炽炽向慕，见孜孜追求……

四十不官拥皋比

男儿怀抱谁人知

生活本是一件需要咬牙坚持的事情。在落魄的煎熬中，严复想到了突围的通道——科举考试。1885至1893年，春秋八度，严复在福州、北京的乡试路上四次辗转，满腹经纶的他却屡考屡败。看来，头顶上的东西终究不好把捉，譬如云朵，不断聚合分离，动荡飘忽。官帽亦是。

科举，并非一个虚张声势的词语，也不是一个不怀好意的举动。然而，历经几次折戟沉沙后，严复坚决主张废除科举制度。

对于历朝历代寒窗苦读的人来说，上榜就是功名，官帽等于权力，这是多少人挥之不去的魔怔。于是，他们手边、桌边、枕边随处置放典籍，寒窗苦读，把长长一生都耗在了一管细细的毫笔之上。

苦尽，未必甘来。曾汲汲于功名的严复，并没有体味到一登龙门的美好，而是遍尝了名落孙山的苦痛。仕途蹇促的暗淡日子，就这样紧裹着严复，他快透不过气了，必须要为人生找一个梦想，为梦想找一个出口，为出口找一个方向，为方向找一股力量。

水师学堂里花木参差、楼台掩映的闲美景致，让他慢慢解脱。一种新的探索，悄然酝酿生长。

是的，失意是思考的旺季。头脑中的学术建构，用不着理会谁的指指点点，只需靠近大地，靠近时代，靠近书本，就能够创造出来，再有足够的积淀、敏锐的嗅觉及一双勤于记录的手，就能纸上烟云腾腾起。严复沉浸在自己的世界中，思想舞动飞翔的翅膀，把他带向神秘和自由的语境。他的双目久久停留在斯宾塞的《社会研究学》(严复后来译成《群学肄言》)上，这本不太厚的书让他探取到了西方秘笈。

看上去，严复一副自娱自乐的样子，表面像是后退，却未必不是一种前进。恰恰在这段光阴里，他与命运对弈，成功扳回了一局。

甲午战争的爆发，像暗夜的暴雨，惊醒了一场梦中的昏睡。此后，严复彻底放弃了科举考试，他俯读西书，仰观时艰，将炯炯有神的目光和刀刀见血的利笔，转向了救亡图存的正途：《论世变之亟》《原强》《辟韩》《救亡决论》，“胸中有物，格格欲吐”，他借助《直报》密集地射出一颗又一颗子弹，欲在“九万里中原”击穿沉沉的云霾。

子弹怎能过瘾？他要引燃炸弹！于是，他翻译了赫胥黎的《天演论》，接着翻译了熟读深思多年的《群学肄言》，其后又有了《原富》《群己权界论》《社会通诠》《法意》《名学》等译著。

一篇政论也许微弱得像风中的鸟鸣，一本译著也许只是扔到湖中荡起几圈涟漪的石子，但一本又一本的译著所排布出的密集阵势，本身就是一份力量、一种宣示。何况，还有《天演论》这一划时代的“教科书”。

严复手中的笔，仿佛孙悟空手中的金箍棒，悄然搅起拍天巨浪。

中国语言之光——桐城派大师吴汝纶在捧读《天演论》后，啧啧赞叹，“无似此高文雄笔也”，并欣然为其作序。后来人们争相追捧，一时间洛阳纸贵，《天演论》成了当时不折不扣的“现象级作品”。对于才情沛然者，似乎随便下一场雨，都能在贫瘠的土地上种活一个春天。

其后，梁启超、鲁迅、瞿秋白、傅斯年、钱锺书、范存忠等都对《天演论》给出了评价，虽然时间分散、各有说法，但那么多名流硕儒围绕一本书展开“论战”，足以见证此书在当时有多大魔力。来自皖南的胡洪骍，甚至改名为“胡适”。这个名字来自《天演论》的“物竞天择，适者生存”。

《天演论》就像是天地的惊雷，春天与雷声一起发芽；就像是一粒火种，遇见风，呼啦啦就烧起来了，摧枯拉朽。当年的《民报》曾评价：“自严氏书出，而物竞天择之理，厘然当于人心，而中国民气为之一变……”“物竞天择”“适者生存”“进化”“保种”等词语瞬间成为热词。一个里程碑式的启蒙思想家横空出世。

学者曹聚仁在阅读500多种名人回忆录后，最大的感受是，许多名人都声称受过严复思想的影响。

一卷生花《天演论》，天下谁人不识君。

5

既然要迎来一场生命的陷落，那就选择在故乡的海风里，选择在海风里的三坊七巷。

随着时间的推移和季节的跳转，严复铺展的人生错杂着不同的颜色和曲调。

袁世凯称帝复辟时，严复被列入了“筹安会”的名单。许是经不住杨度的生拉硬磨，抑或是碍于同袁世凯的交情，总之当时的严复并没有“当机决断，登报自明”，这也成了他余生“无以自解”的憾事，亦引来旁人的鄙夷和谴责。

其实，在严复一边抨击着鸦片，一边又染毒成瘾，被摧残得形销骨立时，以及在科举路上，他前期对科举甘之如饴，后期对科举唾之如粪时，我们都能深刻感受到他性格中潜藏的矛盾挣扎，他终究还是在自己不屑一顾甚至深恶痛绝的事物面前，弯下了腰。

这些分蘖出的复杂形象，让我们看到，严复的内心似乎住着另一个自己，宛如一株冬虫夏草，同一科属的两具躯体发生宿命般相遇、爱恨间纠缠，夏天为草，冬日为虫，形态千差万别，气息大相径庭——人如其名吗？名复，字几道，他的人生注定要如此的繁复多叠，几道道弯折吗？

不过，人本来就是立体的，好比粘了污砂的珍珠，从一些侧面和角度端视，仍不能掩其光芒。

风云变幻的1917年，风烛残年的严复，继续擎起如椽巨笔，以“地雷”为笔名，写就15篇时论。在纵谈时势中剖析利害，于陈情说理中鼓舞人心，字字真义，笔笔光华，时时闪电，处处雷鸣。每一篇文章都是一记打向乱世的耳光。

与其抱怨世界黑暗，不如点亮一盏明灯。这是一种自觉的在场。对于一位汲汲济世的老人，表达忧国忧民的拳拳之心，莫过于这样：把手中的健笔竖成灯杆，高高挑挂起一盏涌动着光明的马灯。

以一灯传诸灯，终至万灯明亮。

1920年，风吹过夏天，身心俱疲的严复返回福州避暑。车马一路向南，那个“梦中突兀见到的南台”慢慢近了，近了，他的日子也即将到头了。往事，在泪光里打转……

他一定要回来的。人生是一本书，此处是他的序和跋，他期望后记与之呼应，在地理位置上没有距离，甚至重叠——既然要迎来一场生命的陷落，那就选择在故乡的海风里，选择在海风里的三坊七巷。他知道，那纵横交错的巷子深深懂得他，早已向他敞开了一个温暖的怀抱。

最后，在南归的烟尘中，我们隐约看到了一帧意味深长的特写：一个人，一驾车，一袭黄昏，一阵剧烈的咳嗽，当然，还有一条汤汤而去的闽江……

准分上孙公客邸住三
坊七巷同伤别客来悬阁在
何坊上国定家还

陳衍

陈衍（1856—1937），福建福州人，字叔伊，号石遗。

近代诗人。通经史训诂之学，为闽派诗的首领人物之一，终生宣扬『同光体』，对近代旧诗坛影响深远，有《石遗室文集》《石遗室诗集》《石遗室诗话》等。清光绪二十四年（1898年），以《戊戌变法榷议》提倡维新。1911年后，在南北各大学讲授，编修《福建通志》，后寓居苏州，与章炳麟、金天翮共同倡办国学会，任无锡国学专修学校教授。病逝福州。

故居在三坊七巷文儒坊大光里8号。

一首诗：坊巷的封签

1

当这充满人间烟火气的坊巷与五柳孤松相映照时，那位居住其间的“客”的形象，也在刹那间由孤绝镀染了温度。

文字上，与三坊七巷血缘最为亲厚的，大概就是下面这两句诗了：

谁知五柳孤松客
却住三坊七巷间

三坊七巷——当这充满人间烟火气的坊巷与五柳孤松相映照时，那位居住其间的“客”的形象，也在刹那间由孤绝镀染了温度。

那位“客”，便是陈衍。

在经历漫漫青史的描摹之后，他与三坊七巷互相成就。这首他与林纾的酬唱答和之作，未必最经典，却最负盛名。诗文的出场，仿佛闪亮的星辰，唰的一声，划过古老的坊巷夜空，一片浮金璀璨。

恐怕连陈衍自己也没想到，当初存放在薄薄纸面上的浅唱低吟，有一天，竟会蝶变为坊巷的符号，变成人们口中咀嚼的芳名；更后远的一天，竟然成为坊巷人家的床前明月光，照亮远方游子的归期；成为地图上的大字标，指引旅人叩访的脚步。

感谢陈衍的机巧，“三”加“七”等于十，悉数囊括了南后街上的宽坊窄巷，而且，字面上左右均衡、音韵上高低平仄、意境上简洁旷达。三分画意，七分诗意；创意十分，称心满满。

事实上，陈衍也不曾被坊巷亏待，在千人百口、千腔百调的叨念中，“三坊七巷”连带他的大名一齐被唇齿磨得发亮……

2

斑驳的石板路，仄仄地伸向一座僻静的故居。灰白色的风火墙内，暮春的木棉举着一篷硕红的叹息，浅浅的夕照仿若意味深长的微笑……

此刻，把目光从历史的深坳拉回，转向人来人往的三坊七巷。

折个弯，拐进文儒坊内的大光里，斑驳的石板路，仄仄地伸向一座僻静的故居。灰白色的风火墙内，暮春的木棉举着一篷硕红的叹息，浅浅的夕照仿若意味深长的微笑……

因是旁支末路，所以人迹寥寥，一派斜阳草树、寻常巷

陌的样子。不过，表面的清寂终究难掩其当年曾为福州第一“诗楼”的熠熠光华。

这便是陈衍的故居了，自嘲“鳏居匹夫”的陈衍，为这座宅院取名“匹园”。从史料看，1905年陈衍购置宅院并非财多物阜，而是深藏苦衷——在痛失第三子陈声被后，痛定思痛的他搬离了原来城郊南港的疫病高发之所，择居于此。

庭院不大，花树高低错落地占据了空间，在拥挤中带来了终年弥漫的芳香。内挖小池，清波粼粼，锦鲤游翔。建有小楼，其一为“闻雨楼”，放置雕版以印刷诗集；另一为“花光阁”，三字大匾，把女主人的地位烘托无遗。

透过牌匾斑驳的油漆，我们可以检索到这位与丈夫平起平坐的女主人的诗意人生：

如洗秋光不动尘
繁英盈把簇生新
炊无白玉餐偏好
篱有黄金家不贫

光芒四射的诗句呈现金属质地，超越闺阁的吟咏尽显淋漓笔意。

“晚清才女，善诗文，工小楷，好考据之学”，寥寥数语，萧道管的才女形象跃然纸上。丰隆的声名后是诗文、书法、考据等方面均有造诣的“多面手”。《说文重文管见》《列女传集解》《然脂新话》《萧闲堂札记》遗珠累累，众口交推为“女学儒宗”，传于江湖，写入典籍。

这样的人物，在任何角落都不至于被掩盖光华。陈衍觉得“匹园”之名既然嵌入自己的符号，那也不能冷落了女主人，因而郑重其事地从妻子诗作“挹彼花光，熏我暮色”中，挑出两字为阁楼赋名。这一举动，诗意芬芳又不失崇隆与温情。

由此，夫唱妇随的忠贞与纯粹，从雕章琢句的酬唱，一直延伸到物件的固化与生命的陪伴。

“末代帝师”陈宝琛对此感触极深，择陈衍联句“移花种竹刚三径，听雨看山又一楼”，端端正正书写在宣纸上，奉送给陈衍。陈衍很珍视，将其裱装后悬挂于楼。这副联，与小楼浑然一体，构成了小楼无比生动的部分。

这还不够，陈宝琛还为这处宅子作联以颂，“地小花栽俭，窗虚月到勤”，几个字铺开的，既是诗文造园、烟火天地的锦绣，也是粉花碧木、静水深流的娴美。

3

布衣人生、诗酒年华。他们捧着心，眼里跳跃着烛光，在米色纸笺上寻觅一首盛水插梅的诗。

花木扶疏、竹影摇曳的匹园，除了存放世俗的肉身外，还可听雨看山、踏径寻幽、吟诗作画、品酒抚琴，谓之诗楼，绝非浪得虚名。

当然，诗楼之名，源于主人之诗名——诗歌的江湖上，这座宅院的男女主人都是不老的传说。布衣人生、诗酒年华。他们捧着心，眼里跳跃着烛光，在米色纸笺上寻觅一首

盛水插梅的诗。

既然我们都嗅出了诗味，那就细说爱诗如命的陈衍。他开创了一个诗派，“终年为诗，日课一首”。从他“以诗存史”“以学为诗”论点出发，“十二竹竿凭照影，千言赋更七言诗”“湔裙而一水红，洗砚而半塘黑”“亭台半占空中地，风月教低四面墙”等自撰诗，透露了他与妻子的情感秘密和生命气息——那是雅致的情愫、文化的自信以及波澜不惊的从容。

的确，陈衍有足够资本保持自信从容。他揭橥的“同光体”诗论对中国近代诗坛影响深远，有“诗坛教主”“闽派领袖”之誉。“吾爱陈夫子，诗盟主建安”，我们暂且不论对其“六百年来一人而已”的赞誉是否言过其实，但其门墙桃李之多却是不争的事实。郑振铎、朱自清、郁达夫、钱锺书等曾经深受“同光体”影响，就连他的厨子张宗杨，也在天长日久的熏习中成为才气滔滔的诗人。

章士钊感慨：“石遗老子吾不识，自喜不与厨师邻。”钱锺书亦对父亲的这位老朋友推崇备至，以《论师友诗绝句》称颂：“诗中疏凿别清浑，瘦硬通神骨可扪。其雨及时风肆好，匹园广大接随园。”直接把陈衍比肩清代的随园主人袁枚。

当年，陈衍结集出版的《石遗室诗话》风行大江南北。后来，当他要续辑诗话的想法刚刚破土萌芽，消息便不胫而走，海内外诗人寄来的诗集，如飞花片片，竟堆了他一整间屋子。陈衍诗界地位之崇、名声之响、粉丝之多，可见一斑。

煌煌巨帙，声教远暨海内外，一时豪俊，奔趋其旗之下。

争欲得其一言为荣，于是投诗乞品题者无虚日……

密集的邮件，热切的期盼。陈衍知道，寄来的每本集子后面，都是一双敬仰而又期待的眼神。他捋着胡须，享受群星拱月的喜悦。

光阴兜兜转转，像一块橡皮擦在历史的纸面刮来刮去。虽然，陈衍后来的诗名褒贬不一，但不可否认的是：他对流淌了千年的既有诗歌经验作了无怨无悔的抗拒，成为古典诗学的创新者；也曾春风几度地让闽人在中国诗坛引领风骚，引起持续的关注，荡起热议的涟漪……

4

感觉这冷峻的表情、深潭似的眼眸、不动声色的躯体，不会为外在事物所影响所催促，只会看着时光远去，静坐在无涯的阴影里，打量着，思考着，沉默着。

由于诗名太盛，我一直以为陈衍是个专擅训诂的遗老。

端详他晚年的照片，瘦削的身子裹在宽松的大褂里，高竖的领子扣襻紧系，头戴瓜皮缎帽，帽檐下露出雪一般银白的鬓发和鹰一般锐利的眼神，闭合的嘴角弧度微微向下，唇上一排胡子修剪齐整。

一副寻常模样，却又过眼难忘。感觉这冷峻的表情、深

潭似的眼眸、不动声色的躯体，不会为外在事物所影响所催促，只会看着时光远去，静坐在无涯的阴影里，打量着，思考着，沉默着。

直到陈衍后人推出“寻味百年”微信公众号，才猛然发现这个隔岸的故人，还有着另一番多味人生。

翻阅《烹饪教科书》，“萧闲叟”的署名赫然入目。这是1915年经教育部审定的唯一烹饪教材，供当时的师范学校和女子中学使用。里面记载的70道菜谱，每一道都足以让人味蕾绽放。“君子未必远庖厨”，陈衍在舞文弄墨之外，宕开一笔，探向食谱去寻找饱食暖衣的“诗句”。

这样的诗句，经过炉膛的烘烤，更具烟火味，最暖世俗心。

在教子有方的孟母、饮食精办的李氏、擅烹鱼羹的宋五嫂的故事背后，在每一道菜的名称、原料、技艺、味道、功用之间，陈衍娓娓道出的是人与生活无法剥脱的关系，是生活与幸福无法疏离的纽带。从头至尾，陈衍试图贯穿一根灯芯，为凡尘女子拨亮一盏安身立命的长明灯。

书本广受追捧，其后又衍生了不同书名和封面的多个版本。然而，引我兴趣的是，这本“生活技能”类著作为何会请陈衍编著？他又为什么在封面落下“萧闲叟”的署名？

看着陈衍走南闯北的人生历程，我似乎又找到了解疑的线索。他出生并求学于福州，赴台湾入刘铭传幕府，抵临上海任职《求是报》主笔，到武汉入张之洞幕府任官报局总纂，在北京清廷学部任主事，再后来任教于北京大学、厦门大学、无锡国专等学府，晚年寓居苏州……壮行万里路，自然是阅尽千般风情，尝遍百地风味。在诗友聚会中，艺高人胆大的陈衍难免亲自下厨露一手。

时任福建省议院院长的诗人林翰，曾在匹园酒足饭饱后写下：

江城一角远尘喧
小筑楼台有此园
白酒与春期后约
乌山俯座听清言
灯前看鬓花光在
竹里行厨野意存
颇喜今年尘累少
屡陪籍湜到韩门

献诗，是一种最直白的陶醉、最深刻的赞美。从这首诗中，陈衍的烹饪功夫彰显无遗——他以舌尖上的美味俘获旧朋新客的诗心。

1907年，陈衍携家带口居住在宣武门外上斜街小秀野草堂，沈瑜庆、陈宝琛、林纾等常来串门，叙叙乡情、论论诗文、谈谈政事、说说生计。这样的聚会，有人冲着诗文的妙趣，有人图着民间的爆料，也有人专为“陈家菜”而来。

到了门上皆是客，好客的陈衍怎能不设宴款待？于是，在一次次杯盘碗箸敲敲碰碰间，在一拨拨诗友乡贤的大快朵颐中，“陈家菜”声名远扬。当时，供职商务印书馆的高梦旦、李拔可均为福州人，尝过陈衍厨艺，知悉他的笔力，力邀他撰写烹饪教材，也就不足为奇了。

陈衍接下活计，恐怕存在资费收入的期待，也有不拂老乡面子的考量，更多的或许是个人兴致所在。说不定，他隐隐觉得，人是血肉之躯，举头吟诗，低头吃饭，一处闲情，一处烟火，两两相宜，前者是他的锦衣，后者是粗袍，穿了哪件，都不至于损颜面、失身份。这样想的时候，他内心是不是有热流涌过？

循着“萧闲叟”，容易联想到自号“萧闲堂主人”的萧道管。当时的陈衍已60岁，妻子萧道管因久治不愈的血崩症，在8年前去世，她的面容成了挂在墙上的照片，她的厨艺成了遥不可及的回忆，唯剩“萧闲堂”三字可资怀念。

用“萧闲叟”的署名为妻子存念，是一种隔空的问候和赞美，来自日常深处，又没有半丝半毫的矫揉造作。

5

诗书，确切说，也是情书。每一个思念涌上心头的时刻，眼里即便春色满园，心中也是淅淅沥沥下着黄昏雨，零落一地的苍凉。

多少次，失去妻子的陈衍立在灶边，每做一道菜，水放进锅里，切好的菜投进去，便如同往事沉默地沉下。思念的温火慢慢燃起，水咕嘟咕嘟地烧开，食物翻腾浮起，亦如前尘旧事。

人与人，人与食物，总是如此命运跌宕，生死交织。烟熏火燎中，泪眼渐至迷离，那么多的陈年旧影在陈衍脑海

翻涌……

他记得妻子一直热衷于烹煮，用那双搦管操觚的素手，烧火、洗锅、宰鸡、剖鱼、切菜、捣蒜。他记得她杀鸡时划破的手，煎鱼时灼伤的臂，剥葱时呛出的泪，端汤时烫起的泡，开锅时熏痛的脸，洗菜时冻僵的关节以及从厨房出来后浑身的油烟味……辛劳之后，一截截黑炭在炉膛复活，燃放着温暖，炊烟盛开成屋顶上的花朵，最后以微笑的形式停留在家人的脸上。

除此之外，陈衍还清晰地记得1874年结婚时家里一贫如洗，出生于富商之家的妻子却从未嫌弃过他，反而风雨同舟地陪着他度春过夏、穿州跨郡。以往，每当他的诗文和汗水换不来铜钱时，妻子就变卖嫁妆贴补家用，最辛酸的一次，竟将七条裙子同时典当，助他云游天下、旅食百味。“所有奁赠，于以荡然”，一个通文弄墨的才女，这般委身奉献，不由令人更添几许怜惜和敬仰。

两人在困境中昂然崛起，在局促中拥抱浪漫，除了结伴同游大好河山，书香也浸染他们每一个庸常且闪亮的日子——怀着诗心，一笔一笔地誊写生活，即使拉家常，也多是聚焦于诗歌主题的切磋讨论，缀锦联珠。

现今，大光里8号院那宽门高墙之内的茶韵诗吟，早已被流年的风吹散了，但鹣鲽情深、琴瑟和鸣的佳话依然流转不息。

灯花漫结双红豆

枕上难裁尺素书

山河辽阔，人间烟火。这是陈衍旅居时写给妻子的家书，演绎的画面：孤灯下，向远方，不见你模样，片牍尺笺偏又情长，何以诉衷肠，热泪滚滚两行……真是你侬我侬，一片浓得化不开的缱绻。

回忆的指针拨向1883年，陈衍举家自京都经上海返乡。

在浪奔浪流的黄浦江畔，陈衍预先与仆从将行李安排上轮船，返回时因小舟倾覆，不识水性的陈衍像葫芦瓢在水中沉沉浮浮数十个来回，最终幸运抓住探向江中的一根竹篙，攀爬而上，捡回性命。奇怪的是，那天寓居客舍、信息断联的萧道管，在千米之外竟无端悲恐，痛哭失声，同宿客舍的其他人不明就里，讶然中只能温言抚劝。等到陈衍落汤鸡般仓皇归来，大家方知他们夫妻间竟然产生了“心灵感应”。

是迷信还是幻觉？生活本是一片深沉的海洋，奇诡的面貌从未被参透。唯一的解释是：夫妻用情至深，灵犀贯通。

这就难怪，萧道管过世后，陈衍作3000字长诗《萧闲堂三百韵》，恣意让怀念在暗夜里低语，让情愫在苍凉中凝结：

白头君不赋

黄土我如饴

萧闲堂万古

留恨绕须弥

…………

一行诗来一行泪。说好的地老天荒，却终究有人先行一步，抛却一方。“若余先室人之兼容德才，则譬如买彩票，暗中摸索，必有一头奖”，如今，奖券已撕，陈衍再也登不上幸福的客船了。抬望眼，烟波茫茫，不相忘，自难量，也真应了妻子早年的诗句：“满庭苔草色，诗思在黄昏。”

诗书，确切说，也是情书。每一个思念涌上心头的时刻，眼里即便春色满园，心中也是淅淅沥沥下着黄昏雨，零落一地的苍凉。

多年后，陈三立的儿子陈衡恪为陈衍作画《萧闲堂著书图》，并刻“萧闲堂”印章一枚，慨然题诗：阅尽人间世，独有萧闲堂……抱此垂垂老，哀歌天地荒。

汁液饱满的墨笔，将前辈爱情的动人容颜，细细勾勒。

6

那柳拂虹桥上的西湖月色，也一定见证了当年的诗情是如何的水洗无尘、书香的滋养是何等的丰沛无边。

踏遍万水千山，时见一轮明月，带着深渊般的忧伤，溅湿鬓发斑斑的游子。那是乡愁呼唤，不如乘风归去。

对于晚年寓居苏州的陈衍来说，榕笛悠悠的福州仍是他的九曲衷肠。那里留下他那么多故事，有他的古屋，有妻子的坟茔，有沽酒对诗的老友，有他烧过香的铁佛寺，有他攀登过的乌石山，甚至有他丢失已久的乳名。

风雨来去，悲欣沉浮，一切都看开了。晚年丧偶的他，虽然一直没有续弦，可在琐碎的生活之外，依然弹毫珠零、落纸锦粲，显得孤清却又丰盈。

1913年，他与何振岱、林宗泽等人商议修复宛在堂。这座以明朝诗人傅汝舟“孤山宛在水中央”诗句为堂名的建筑，历来是文人雅集之所，曾设诗龛供奉诗界泰斗，却几建几毁，终至沦落。

很快，这座歇山顶木构建筑修竣了。重建，意味着重塑闽中斯文、接续传统诗脉，意义殊深。陈衍亲撰《小西湖重建宛在堂记》，题写楹联：“聊增东越湖山色，略似西江宗派图”，并在那儿创建了诗社——湖心社。

湖心，湖心，也是陈衍的一片纯心自证。

烟水空蒙、波光如镜的西湖就在楼堂之侧，那激越悠长的吟诵之声必定激荡起千重清波；而那柳拂虹桥上的西湖月色，也一定见证了当年的诗情是如何的水洗无尘、书香的滋养是何等的丰沛无边。

两年后，也就是陈衍埋首撰写《烹饪教科书》的这一年，杨度、孙毓筠等一帮清朝遗老热衷于创立筹安会，一意拥戴袁世凯复辟，对此，陈衍避而远之。后来，当陈衍得知自己被初列为硕学通儒之首，坚决要求除名，即便被人弹击得寥落寡合，仍然保持自己坚定的立场和高贵的自尊，保住了晚节。

陈衍还把这份纯心一直延续到生命最后一息。当得知郑孝胥介入伪满洲国，陈衍虽然与之素有交情，也一直欣赏对方的诗功和书法，仍愤而割袍断义，并一把火烧掉了两人来往的书信及唱和的诗文。

年轻时曾擎起手中的利笔，“译述西人向来欺我者文章，揭载于报，以醒国人”的陈衍，老来风骨更铮铮啊！

1916年，福建督军李厚基邀请陈衍编纂《福建通志》，陈衍觉得这是父老的重托、千秋的功业，义不容辞，欣然应允。也许，是与福建这片故土重新交集，细微角落充满熟悉故事，凡常事物总能牵心萦怀，让陈衍的感情不断复苏发酵，除了对分纂所拟初稿进行统稿修改外，他还亲自编写了《通纪》《金石志》《版本志》《道士传》等多卷学术色彩浓厚的纪、志和人物传……

沉甸甸的志，沉甸甸的情。这部当年最完备的省志，承载了陈衍最深厚的乡情。

陈衍还腾出手，在交错的时空里，将中国台湾从明到清的历史加以详细编纂。如果要探究最初的意向：那就是保全历史的源流不中断，告诉人们从哪里来、要到哪里去。

一个个排布在史册上的方块字，仿佛漫天星光在歌唱，唱一支跨越海峡的歌谣。

时间，终究不肯为任何一个人停留。1937年8月，疾病把年过八旬的陈衍拖向了深渊。他最终把灵魂放到了诗中多次摹写过的文笔山。

对于奉诗为命的人来说，在另一个世界仍有文笔相伴，也算是一种圆满了。

汝体吾此心于啼泣之余
亦以天下人为念当亦乐牺
牲吾身与汝身之福利为天
下人谋永福也

林覺民

林觉民（1887—1911），福建福州人，字意洞，号抖飞，又号天外生。

少年之时，即接受民主革命思想，推崇自由平等学说。留学日本期间，加入中国同盟会。1911年春回国，同年4月24日写下绝笔《与妻书》。后参加黄花岗起义，转战途中受伤被俘，不肯受降而从容就义，为『黄花岗七十二烈士』之一。《与妻书》被誉为『100年来最感人的一封情书』。

故居在三坊七巷杨桥巷，与冰心故居同为一处（林觉民父亲于1911年将宅院售予冰心祖父）。林觉民为林徽因堂叔。

一封信·历史的斑纹

1

这是告别。最后轻轻唤你的名字啊，意映卿卿意千重。珍重的话很轻，来不及说未来的憧憬。

素帕，毛笔，墨汁。

没想到这些稀松平常的物件，居然决定着一个故事的走向，血一样激越，黄昏般哀美。

1911年4月24日，香港，孤灯下，林觉民挥笔草就《与妻书》。砚台静卧，一钩残月；楼畔波漾，满江迷离……最平常不过的人世光景，映衬的是一张挂泪的脸庞。

尺幅棉笺，密枝深蕊；寸管排宕，波涌云连。合理的难舍、合情的措辞、合规的体例背后，是那么匆促的落笔、那么直白的词汇、那么炽热的表达。就这样，“泪珠与笔墨，飞落在同一方绢布；缠绵与壮烈，喷涌于同一支笔端”。

那是一个人沉默无声却又掷地有声的道别，那道别残酷却也温柔，让人满含热泪却又长歌当哭。一边是家国天下，一边是儿女情长，黑白纵横间，涂抹着历史最醒目的斑纹。

> 意映卿卿如晤，吾今以此书与汝永别矣！吾作此书时，尚是世中一人；汝看此书时，吾已成为阴间一鬼……

这是告别。最后轻轻唤你的名字啊，意映卿卿意千重。珍重的话很轻，来不及说未来的憧憬。

> 汝体吾此心，于啼泣之余，亦以天下人为念，当亦乐牺牲吾身与汝身之福利，为天下人谋永福也。汝其勿悲！

这也是告白。以天下人为念的信仰，早已在心中百炼成钢。

此前数月，岁末的寒气已经潜入福州的大街小巷，也偷偷潜入林觉民的喉管胸腔。他奉命回到榕荫匝地的福州召集壮士起义。

新军之役失败所笼罩的阴云尚未散去，革命前路更见崎岖。在纷乱如麻的尘世中，林觉民越发觉得每个人的生命只是一点星星之火，微茫而脆弱；当然，也越发觉得，哪怕只是一星荧火，也能燃成熊熊炬火，烧毁那个满目疮痍的旧世界，照亮一个幸福美好的新天地。

林觉民风尘仆仆地奔走在福州的大街小巷，奔走在桥南社福建同盟会部、西禅寺、下渡十锦祠、杨桥巷等地，劳心碌力地发动当地义士。他剖析形势、开会联络、制造炸药……他要痛痛快快地放一把烧荒野火。

前后十余天的驻足，林觉民以“学校放樱花假”的善意谎言骗过了家人，但怎能骗过自己内心浩荡的离伤？毕竟前方险境重重，号角一旦吹响，意味着生死诀别。

面对知书达理的妻子，言谈，手书，明说，暗示……似乎有多条途径可以传达他的革命抱负与生死大事，但一次又一次话到嘴边又咽下，在他看来，把这个话题摊给娇小的孕妻，未免过于残酷。

他宁愿让痛苦在时间上后撤、在空间上独担。

然而，这终究是一场情非得已且必然到来的离别，唯一

能做的便是呼酒买醉，恳求悲怆深埋。在痛苦的纠结中，让自己成为一个心安理得的买醉者，那也不啻为一场戴着镣铐的狂欢吧——对于敏感问题的回避，以及想要凝固幸福时光的奢望，麻醉的思维总比清醒的目光更加有效。

他就那么任性了一回，让所有的牵肠挂肚和坐立不安，随着酒入愁肠，统统停顿、消失在沉默而空茫的混沌里。

于是，杨桥巷那个疏梅筛影、月落檐牙的院子变成了另一种写实——不复浪漫尽寒凉。“入门穿廊，过前后厅，又三四折，有小厅，厅旁一室，为吾与汝双栖之所”，堆积了宿醒不醒与声声咳嗽。

真正舍得吗？这是一个人对自己无比残酷的诘问。父亲、妻子、未出世的孩子，对应着为人子、为人夫、为人父这人世间最深的幸福和最重的责任。

舍不得！每一次的回答都如“杜鹃啼血”，那般肯定与真挚，可若一个林觉民不站出来，千万个林觉民不站出来，又有谁为千千万中国人的自由与幸福保驾护航呢？

汝幸而偶我，又何不幸而生今日中国！吾幸而得汝，又何不幸而生今日之中国！

因挚爱一人，而爱天下人，而爱满目疮痍之中国；因心念一处，而念天下处，而念风雨大地上每一寸土地。因爱而爱，将心比心，所以，用血热血，以命换命。在舍身赴死之时，这份爱铸就了林觉民的傲骨贤心。他知道，此时此处他与意映的痛苦，必定会在来日的中国大地开出希望之花。

2

她多么冀望自己是一只白羊，一生都不要走出丈夫掌中牧羊鞭的弧线。看云飞月升也好，共慷慨赴死也罢，只要能与丈夫相伴相守，便觉内心安妥。

福州，广州，两地穹远，天涯阻隔。

在离乱的日子里，陈意映断然是无法联系林觉民的，隔着万水千山，她目光的栅栏围不住丈夫的脚步，她甚至无法在信息上与丈夫达成微弱的衔接。但凭着女人的直觉，陈意映略约知道丈夫隐秘的行踪与时局风云之间存在着关联。她曾多次在十锦祠的门口，为神秘的议聚站岗放风。

这种默契，是花颜对座、耳鬓厮磨的时光中所形成的通透。虽说他俩是经媒妁之言成的婚，但从婚后那“低低切切，何事不语？何情不诉？”的絮谈中，她深深了解他的过往。

她知道他13岁曾在考场写下“少年不望万户侯”之后，头也不回地挥袖而去；知道他曾“指陈透彻，一座为倾”地四处演讲，用笔端的闪电照亮人心，然后，踏着月色从小巷折返回家；知道他自号“抖飞”，以孤篷万里云独飞的霸气宣示意志和力量。

相惜相知，然后相敬相随。她愈加坚定自己的判断，心房既充满深深的担忧，又鼓荡着汩汩的骄傲。

望今后有远行，必以告妾，妾愿随君行。

人生太短，只够相爱。这是陈意映的表白，带着恳切的劝求。她既希望与丈夫比肩，更害怕相思的煎熬。

婚后短短几年，她倍受思念的折磨——林觉民总是来去匆匆、鹤影杳杳。她多么冀望自己是一只白羊，一生都不要走出丈夫掌中牧羊鞭的弧线。看云飞月升也好，共慷慨赴死也罢，只要能与丈夫相伴相守，便觉内心安妥。

如果当时不是陈意映珠胎在怀、行走不便，她与林觉民同向偕行、并膝共进的愿望倒也有实现的可能，因为最初的方案，扮成寡妇护送装满炸药的棺材赴港的人选正是陈意映。最终，因怀孕的缘故，这项任务落在了福州女杰方君瑛的肩上。

没承想，她错过了流血的前方，却随之迎来了流泪的后路。

1911年4月27日，《与妻书》正辗转走往福州的途中，黄花岗起义也打响了。“愈不可为，愈为”的号召，映射出义士们向死而生的勇决。

他们集结在一起，迎着炮火前进，前面的勇士倒下了，后继者越过密密麻麻死去的兄弟继续向前，再向前……起义的惨败与他们对战火残酷和准备不足的预想相符。肉体是如此脆弱，而狼犬的牙尖又是那样锋利无情，枪炮的杀气又是那样势大火猛——毁灭几乎成了这场起义必然的命运。

战役失败后，腰间悬炸弹、掌中握步枪的林觉民负伤被擒。面对清廷广州将军张鸣岐与水师提督李准的会审，他“纵笔一挥，立尽两纸，洋洋数千言。书至激烈处，解衣磅礴，以手捶胸”。那大义凛然的样子，甚至令阵垒分明的李准都动了恻隐之心。

张鸣岐在夸赞林觉民“面貌如玉、心肠如铁、心地光明如雪，称得上奇男子”后，还是远远地抛下了死符。斩草除根的决绝源于内心的恐慌：如若把他（林觉民）留给了革命党，实为后患，张鸣岐只能痛下狠心。

是的，林觉民在敌方的眼里，不是一个人，而是能唤醒带动无数人的领跑者；不是短柄的匕首，而是能腾起蘑菇云的原子弹。

广州天字码头，在一颗嗖嗖穿行的罪恶子弹中，仅仅24岁的林觉民，轰然倒在了那一截被子弹洞穿得千疮百孔的历史里。

3

所谓的此岸和彼岸，所谓的故乡和远方，抵不过爱人的几缕青丝、枕边的一声呢喃。

噩耗传回福州，陈意映腆着8个月的身孕领着一家老小仓皇来到早题巷避居。在惶惶度过数日之后，一天夜里，好心人将林觉民的书信偷偷塞进门缝。陈意映捧着信，心痛得无法呼吸，那分明是白纸黑字的讣告，残酷的事实无处逃遁。

想到伴侣的猝逝、幸福的幻灭，世间还有什么值得留恋？那一刻，手被信压着，信被几十行字压着，字被悲伤压

着。那个心心念念的名字就在泪眼里不停地抖动。那是最疼痛的两个字。

接下来的日子就像废弃的码头，河流来去，不见归舟，无力追寻和抵达的，只能化成一日又一日悲凉无望的呼喊和心窝流不完的泪。陈意映涌起轻生的念头，公公婆婆跪求她念在孩子尚幼、腹中亦有一儿的情分上，万勿自绝。

为了让可怜的媳妇在突变的遭遇中得以宽缓，林家煞费苦心地把林觉民伯兄的一个女儿过继给陈意映。那个叫林暖苏的女孩，像名字一样乖巧可人，在崩塌的时光里，确实为陈意映添了些许慰解的暖意与舒坦。然而，多少个思夫的夜里，陈意映捧着丈夫的遗书，如同捧满了星光的孤冷、风霜的凌厉和黑夜的漫漫无际。

自带悲凉的情节，慢慢演绎成了令人唏嘘的结局——时隔两年，陈意映郁郁而行的生命列车，最终停留在了22岁的青春站点。

死亡，本是世间最悲痛最绝情的东西，一切都归于结束、化为灰烬，但在陈意映眼里，或许是与丈夫另一种相聚的开始，是再也不分开的牵手，是灰烬之中的烟火重生。所以她的离去，既令人伤悲，又走向了解脱。

所谓的此岸和彼岸，所谓的故乡和远方，抵不过爱人的几缕青丝、枕边的一声呢喃。陈意映只是个痴情执念的女子，意犹未尽人已尽，失去意洞（林觉民的字），便失去了爱的映照，她的余生只能坍缩成凡尘里一朵芳华即逝的樱花。既然在枝头枯了，那就早点落地为安——那样，便能早日与夫君在黄泉团聚。

所以，请原谅她，无法活得再长一些。

现今回望，“樱花假”竟有种玄幻的谶意。意洞，意映，一个是风华才俊，一个是红袖佳人，夫妻间情坚意笃、“二意”一心。可叹的是，至爱的人，一个夜晚就从一条路走向另一个世界，不声不响地交出了自己的一生。

理悟，参透，往往是人生艰途的最后走向。对于陈意映来说，曾经拥有的生活的和美、情意的缱绻、庸常的知足、未来的期许……一切的一切，随着丈夫的就义都化为泡影，消失了，消失了。

将这一个“失”字拉长，可以填入多少忧怨与怀缅。陈意映何以醒转与超拔？何以在沉沦中居朗润、昂然中致新生？

上穷碧落下黄泉，生死茫茫，思念茫茫。死亡，终究成全了一个女人对英雄夫君的所有眷念。

4

从故事出发，历史的碎片总会从某条暗道进入人们的视线；借由文字温柔的载浮，不朽的英名，复活的传说，像一叶轻舟，驰而不息地向下一辈、向未来远航。

鲜血，映红纪念的天空；黑纱，牵动盈泪的视线。

时至今日，我们不由诘问，一个人生命中的24岁应该是什么样子的呢?

如果不是“山河飘摇，家国动荡”，如果没有“遍地腥云，满街狼犬”，那么，24岁一定是烈焰繁花、烈火烹油的，一定是挥斥方遒、指点江山的，就像初升的太阳，有着无限

的光芒和可能。

那么，在面对一个在24岁便戛然而止的光辉生命时，我们又会是什么样子呢？应该是无数深重的叹息再加无数深重的叹息，无数夺眶的热泪再加无数夺眶的热泪吧。

其实，在林觉民的革命道路上，也并不是没有人劝阻过他。他的叔父以及启蒙老师林孝颖就曾不止一次劝说他退出同盟会，在乱世之中明哲保身，以免殃及自己和家人，招来杀身之祸。

可是，干正事，走正道，林觉民无愧于心，自能挺直腰杆。他对叔父说："我在日本学习的是伦理、心理等文科专业，我从未听说学习和应用这些专业所学知识会招来杀身之祸。"

在民主爱国社团时，林觉民还曾发表"救我危亡之中华"主题演讲，动情处，拍案捶胸声泪俱下，听者无不动容。当时，全闽大学堂的一位老师也在场，听完林觉民演讲之后摇头怅叹："亡大清者，必此辈也！"

除此之外，林觉民还曾花费大量时间和精力翻译《六国宪法论》，并撰写了《驳康有为物质救国论》等，明确反对康有为、梁启超的君主立宪主张，推崇孙中山的民主共和主张，积极为民主革命作准备。

就这样，林觉民这个流血不流泪的英雄男子，真正践行

着自己“老吾老以及人之老，幼吾幼以及人之幼”的革命信念，在遍地疮痍的国土之上，在枪林弹雨的危境之中，用铁血柔情拟就绝笔《与妻书》，最深的眷念，化为一句：“吾至爱汝！即此爱汝一念，使吾勇于就死也！”

当死与爱相系，那死便成血色浪漫；当爱为死铺垫，那爱足以万古流芳。面对林觉民的遗像，我们内心涌动的只能是敬佩和惋惜。

在林觉民牺牲10个月后，他的父亲在报上刊了启事，拟在白塔寺为“亡儿觉民”发丧。

并无过多的安排和强制的号令，吊唁的人流来了，不断地来了。他们从四面八方聚拢在高高的塔宇下，没有丝毫的胆怯、犹疑、淡漠，一律叩首献香，哀婉而又谨肃。他们以尊崇的目光致敬英雄，用缅怀的烛火表达感恩……

史册向来对往事无限忠诚，刻骨铭心之刻发出的声音，注定不会被消解，反倒历经光阴的层层除噪，会持续漾起最嘹亮的回声。在辛亥革命册页上一长串珠光闪烁的名字中，林觉民也许不是最耀眼入目的，但这三个字之所以反复被咀嚼、被传诵、被解读，“百年情书”功不可没。

看来，文字的功用并非虚无，总能宕开一笔——从故事出发，历史的碎片总会从某条暗道进入人们的视线；借由文字温柔的载浮，不朽的英名，复活的传说，像一叶轻舟，驰而

不息地向下一辈、向未来远航。

倾听，谛视，绝笔《与妻书》仿佛一个隐喻：它既是伴侣的耳语，亦是历史的文身。一百多年后的今天，面对热血勇士对万水千山说出的最燎烈的情话，我们仍能接近生命的真谛——家书是林觉民，林觉民是家书。

林觉民惦记妻子，派出一封信，轻轻唤醒她的名字；

我们怀念林觉民，借助这封信，牢牢拓印他的伟岸。

历史苏醒，万物起身。在那晚的寒星映江、那纸的深情如海之后，林觉民沉入永夜，而他身后的世界百感交集却泱然无比，遍地闪耀着金箔般的阳光。

此刻，我恍悟：在当年那个疏星残月里，林觉民挥毫修书，是以大爱研墨、热血蘸笔，写给呼啸而来的破晓天开……

图书在版编目（CIP）数据

历史的斑纹：追寻三坊七巷名流远去的背影 / 简福海著. -- 石家庄：河北教育出版社，2021.4
ISBN 978-7-5545-6007-5

Ⅰ. ①历… Ⅱ. ①简… Ⅲ. ①散文集－中国－当代
Ⅳ. ①I267

中国版本图书馆CIP数据核字(2020)第174265号

歷史的斑纹

——追寻三坊七巷名流远去的背影

LISHI DE BANWEN
ZHUIXUN SANFANGQIXIANG MINGLIU YUANQU DE BEIYING

作　　者　简福海
出 版 人　董素山
责任编辑　王艳荣　石　姮
封面题签　范迪安
插　　图　林容生　陈伊霖　林　村
装帧设计　于　越
出版发行　河北出版传媒集团
　　　　　河北教育出版社　http://www.hbep.com
　　　　　（石家庄市联盟路705号，050061）
印　　制　北京奇良海德印刷股份有限公司
开　　本　889mm×1194mm　1/32
印　　张　10.5
字　　数　193千字
版　　次　2021年4月第1版
印　　次　2021年4月第1次印刷
书　　号　ISBN 978-7-5545-6007-5
定　　价　58.00元